Conan Barbarzyńca:
Druga Część


Erika Sanders


Seria
Conan Barbarzyńca Vol. 5 do 8

# Streszczenie

Poznaj kobiety w życiu Conana, jak nigdy dotąd...

Po nowych przygodach i nowych triumfach Conan i jego grupa wracają do miasta, w którym obecnie znajduje się ich dom, Tarantii.

Czy powrót sprawi, że będziesz tęsknił za przygodami? A może będzie lepiej, niż się spodziewano?

Niniejsza publikacja zawiera tomy od 5 do 8:
5 - Yasimina
6 - Zula
7 - Cassandra
8 - Adriana
Nowa seria oparta na twórczości Roberta E. Howarda.


(Wszystkie postacie mają ukończone 18 lat)

# Uwaga o autorze:

Erika Sanders to znana na całym świecie pisarka, tłumaczona na ponad dwadzieścia języków, która swoje najbardziej erotyczne teksty, odbiegające od zwykłej prozy, podpisuje panieńskim nazwiskiem.

# Indeks:

# CONAN BARBARZYŃCA
# DRUGA CZĘŚĆ
# ERIKA SANDERS

# ROZDZIAŁ V
# YASIMINA

Sklep był umiarkowanie duży, ale nadal zdominowany przez wiele innych budynków w okolicy.

Iglice i kopuły pobliskich świątyń górowały nad pobliskimi dachami, nadając tej okolicy charakterystyczny charakter.

Nawet na ulicach było stosunkowo cicho, przynajmniej wtedy, gdy nabożeństwa się nie zaczynały ani nie kończyły.

Zatem ten budynek, choć lepszy od wielu innych w mieście, wydawał się tu niemal niepozorny, a jego gładkie kamienne ściany i ozdobny szyld nie robiły większego wrażenia niż wiele innych na ulicy.

Conan i Yasimina przybyli tutaj, aby zaopatrzyć się w zapasy przed kolejną wyprawą na pustynię.

Nie było to pilne, ponieważ nie mieli planów ponownego wyjścia przez co najmniej kilka miesięcy, ale nigdy nie było wiadomo, kiedy zapasy się przydadzą, nawet tutaj, w mieście.

Sklep oczywiście, biorąc pod uwagę okolicę, specjalizował się w towarach religijnych.

Była to przede wszystkim dziedzina specjalizacji Lady Yasiminy, ale obecność jeszcze jednego członka drużyny była pomocna.

Tak naprawdę, chociaż przechodził obok sklepu już wcześniej, podczas poprzednich wizyt z tej okazji nigdy w nim nie był.

Wyglądało na to, że Yasimina była stałą bywalczynią, więc najwyraźniej miało sens, aby pozwolić tej pani mówić.

Wewnątrz sklep wydawał się nieco mniej niepozorny niż na ulicy.

Ściany zdobiły różnorodne święte symbole, a na długiej ladzie znajdowało się wiele różnorodnych przedmiotów, dzięki czemu miejsce to w równym stopniu przypominało sklep z antykami, jak wszystko inne.

Były tam młynki modlitewne, kadzidełka, zdobione słoiki i kilka przedmiotów, których funkcji Conan mógł się jedynie domyślać.

Najwyraźniej, pomyślał, nie uczestniczył w zbyt wielu nabożeństwach religijnych.

Przynajmniej rozpoznał większość symboli na ścianie...

Mężczyzna za ladą był w średnim wieku, dobrze ubrany w granatową szatę.

Przywitała się z Yasiminą jak ze starą przyjaciółką, a potem tylnymi drzwiami do pokoju powiedziała, że mają klientów; najwyraźniej miał urzędnika pracującego z tyłu.

– Co mogę dzisiaj dla ciebie zrobić, moja pani? Zapytał, zwracając się do kobiety.

„Szukałam wody święconej" – odpowiedziała. „Wykorzystaliśmy cały zapas podczas ostatniej podróży i będziemy potrzebować trochę więcej. I oczywiście trochę twoich mikstur leczniczych".

„Rzeczywiście..." powiedział sklepikarz, ale gdy przybył ekspedient, uwaga Conana została odwrócona od dalszej części rozmowy.

Że to nie był on, tylko ona.

Była młodą kobietą, być może córką sklepikarza, prawdopodobnie nie starszą niż szesnaście, siedemnaście lat.

Jej czarne włosy były ściągnięte w kucyk z prostą srebrną klamrą, a jej żywe zielone oczy przemieszczały się pomiędzy dwoma klientami; Conan poczuł, że zostaje dłużej, ale może tylko dlatego, że był nowym gościem.

Jej cera była miękka i jaśniejsza niż kupiec, z dużymi czerwonymi ustami i bardzo zmysłowymi ustami.

Bez wstydu i ignorując religijną atmosferę, jaką powinien wywoływać sklep, oczy wojownika przesunęły się po ciele młodej kobiety, oceniając jej sylwetkę.

Miała na sobie ciemnozieloną sukienkę z dekoltem wyciętym tuż pod szyją i rękawami długimi do nadgarstków; Lada ukryła jej spódnice, ale pomyślał, że będą długie i nieodsłaniające.

Jednak pomimo tego sukienka nie była w stanie ukryć kształtu jej ciała.

Miała wąską talię, przewiązaną szarfę z symbolem bogini serca i równie szczupłe ramiona.

Jednak tam, gdzie odzież zawiodła głównie, maskowało kształt jej piersi.

Były wysokie i jędrne, duże w porównaniu z szerokością jego talii; tylko luźniejsze ubranie mogło ukryć ten fakt.

Ogólnie rzecz biorąc, Conan uważał, że marnuje się na religię, a zdecydowanie wolałby zobaczyć ją w czymś bardziej odkrywczym.

Skupił swoją uwagę z powrotem na bieżącej sprawie.

Sprzedawca przygotowywał różne butelki i wraz z Yasiminą omawiali ceny różnych opcji.

O ile wiedział, dama nie miałaby trudności ze zdobyciem w świątyni wody święconej, pobłogosławionej przez kapłanów Ymira, jej ulubionego bóstwa oraz boga honoru i cnót bojowych.

Czasami jednak przydatne były różne alternatywy i zawsze trzeba było brać pod uwagę mikstury lecznicze, a także wszelkie inne możliwe elementy religii.

Przecież było kilku bogów i przypuszczał, że mądrze jest zadowolić wszystkich, kiedy tylko jest to możliwe.

Ale chociaż mikstury lecznicze były z pewnością interesujące, musiał przyznać, że tylko dwóch bogów mogło twierdzić, że otrzymali od niego modlitwy lub ofiary... był to Crom w bitwie i prawdopodobnie tylko Muriela, bogini miłości, była tą jedyną. To sprawiłoby, że byłby naprawdę usatysfakcjonowany spokojem.

Nagle przyszła mu do głowy pewna myśl i widząc, że sklepikarz jest zajęty, zwrócił się do asystenta.

„Zastanawiam się, czy masz jakieś małe święte symbole" – zapytał ją. „może jakiś wisior, niekoniecznie jeden z tych dużych. Coś po prostu dekoracyjnego?"

„Oczywiście" – odpowiedziała – „mamy szeroką gamę biżuterii religijnej".

– A może taki dla bogini Murieli?

Była bardzo szanowaną członkinią panteonu bogów; Przecież inne świątynie traktowały ją grzecznie, nawet jeśli czasami zachowywały dystans.

Miłość była ważną i pozytywną częścią świata, istotną siłą we wszechświecie, czymś, czego inni bogowie nie chcieli i nie mogli zaprzeczyć.

Chociaż podejrzewałem, że to głównie kapłani niektórych bardziej religijnych świątyń byli nieco nieufni co do fizycznych implikacji, nawet w przypadku tak chwalonych pojęć, jak romans i małżeństwo.

Oczy małej dziewczynki rozszerzyły się lekko, ale jej usta wykrzywiły się w uśmiechu.

Przynajmniej jej nie obraził.

„Tak, mamy" – powiedział. „Mogę przynieść coś z magazynu, jeśli chcesz".

Odwrócił się, po czym zatrzymał, jakby się nad czymś zastanawiał, po czym się odwrócił.

„Właściwie byłoby łatwiej, gdybyś poszedł ze mną i mógł coś wybrać".

Zauważył lekki rumieniec na jej policzkach i zastanawiał się, co to oznacza.

Może była po prostu trochę zawstydzona wspomnieniem tego konkretnego bóstwa... a może chodziło o coś więcej.

"Dlaczego nie?" Powiedział jej, patrząc na Lady Yasiminę.

Najwyraźniej podsłuchała część rozmowy i skinęła głową, po czym odwróciła się do szeregu butelek przed nią.

Wolał myśleć, że widział wtedy na jej twarzy rozbawiony, pobłażliwy uśmiech.

Nie był pewien dlaczego, skoro niewiele mogło się wydarzyć w tak krótkim czasie, jaki prawdopodobnie spędzili w sklepie, a co dopiero w sklepie tego typu.

„A tak przy okazji, jestem Jehnna" – powiedziała asystentka, pokazując mu tył sklepu – „a ty to robisz?"

„Conan. Jestem wojownikiem".

– To wyjaśnia, dlaczego nie widziałem cię wcześniej. Spędzasz więcej czasu w dzielnicy gladiatorów, prawda?

– Tak, chyba tak – przyznał. Rzeczywiście był tam zaledwie wczoraj, odwiedził swoich towarzyszy broni i ich ośrodek szkoleniowy. – Czy to w takim razie firma rodzinna?

„Nie, Dellos to tylko znajomy mojego ojca, ale pracuję tu już prawie dwa lata. Nadal mieszkam z rodziną, ale teraz ich nie ma, więc mam dom dla siebie".

Skinął głową, nie wiedząc, co na to powiedzieć.

Idąc tuż za nią, zauważył przyjemną krzywiznę jej bioder.

Tak jak się spodziewał, jej spódnica była długa, z brzegiem tuż nad kostką, a miękkie skórzane buty zakrywały nawet skórę.

Mimo to kształt jej ciała był atrakcyjny i musiał na siłę powrócić myślami do zakupu.

Jehnna dotarła do wzmocnionych drzwi na tyłach warsztatu i otworzyła je, odsłaniając wąski schowek za nimi.

Pomieszczenie, podobnie jak reszta budynku, było z kamienia i z jednej strony otoczone drewnianymi półkami sięgającymi sufitu.

Półki były zawalone pudłami i różnymi przedmiotami i były na tyle wysunięte, że między nimi a tylną ścianą pozostawało niewiele miejsca.

„Niech pomyślę..." powiedziała. „Myślę, że są na jednej z najwyższych półek".

Wspiął się na drabinę poruszającą się po prowadnicach wzdłuż półek i podniósł nogę na jednym ze szczebli.

Kiedy to zrobiła, jej spódnica uniosła się, a ona, najwyraźniej rozproszona, zapięła ją głębiej, aby zapewnić sobie swobodę ruchów.

Przesunęła się z powrotem na uniesione kolano, odsłaniając buty sięgające do łydki, ale jednocześnie odsłaniając trochę nagiej skóry na kolanie i podudzie.

Jej nogi były szczupłe i zgrabne, podobnie jak reszta ciała, a skóra była blada, z wyjątkiem małego pieprzyka, który mógł teraz zobaczyć po wewnętrznej stronie uda.

Conan przełknął, ale tym razem nie odwrócił wzroku.

– Widzisz coś, co ci się podoba? Zapytała i teraz był prawie pewien, że żartuje, bo nie pokazała mu jeszcze żadnej biżuterii.

– Być może – powiedział niezobowiązująco.

Może gdyby Jehnna nie była tak religijna, jak jej rodzice najwyraźniej myśleli... mogłoby to być interesujące.

„Nie wiem zbyt wiele o Murieli" – powiedziała, najwyraźniej wciąż przeglądając pudła. „Co robisz podczas nabożeństw?"

Oparła się pokusie, by odpowiedzieć, że to nie jest to, o czym mogłaby myśleć.

„Tak naprawdę nie różni się to zbytnio od innych bóstw" – powiedział. „Dziękujemy za hojność bogini, składamy ofiary w zamian za piękne przedmioty. Podają wodę różaną do oczyszczenia i tym podobne".

Oczywiście spotkania towarzyskie, które czasami odbywają się po nabożeństwach, mogą wyglądać inaczej, pomyślał w milczeniu, jego oczy wciąż przyglądały się kształtowi jej nóg i ciała.

„Wierzysz w miłość do wszystkich, prawda? To trochę dziwne jak na poszukiwacza przygód... a może nie jesteś z Lady Yasiminą?"

– Bogini uczy, że miłość to więź spajająca wszechświat, to prawda. Lady Yasimina jest moją koleżanką, ale nie jest wyznawczynią. Przypuszczam, że nie pasuje to dobrze do bycia damą. moc Dobra i darzą swoje społeczności miłością, ale kierują ją w innych kierunkach niż zwolennicy Murieli".

Nie odpowiedział na jej drugie pytanie; Prawda była taka, że było to częścią jego tożsamości i nie było sprzeczne z jego pełną przygód karierą, ale i w tym aspekcie niewiele mu pomogło.

Nie miał skłonności pacyfistycznych niezbędnych do wstąpienia do kapłaństwa bogini.

– A jakie to adresy? – zapytała, podnosząc pudełko z jednej z wyższych półek i wracając na podłogę, a jej spódnica ponownie opadła jej do kostek.

Conan nie odpowiedział od razu, zastanawiając się, jak sformułować swoją odpowiedź.

Czy ona z nim flirtowała, czy też pytania były naprawdę niewinne?

Jeśli – co wydawało się prawdopodobne – rzeczywiście było to pierwsze, z jaką siłą mógł sobie pozwolić na swoją reakcję?

Na szczęście było wiele aspektów bogini.

„Wierzymy przede wszystkim w miłość romantyczną. Oczywiście promujemy małżeństwo, pod warunkiem, że jest ono oparte na miłości, a nie na pieniądzach czy postępie społecznym. Nie staramy się jednak ograniczać miłości między ludźmi, a sposobów może być wiele. aby to osiągnąć, odpowiadając na Twoje pytanie".

Rozłożył pudełko i otworzył je, ukazując serię małych wisiorków, amuletów i bransoletek, wszystkie ozdobione symbolem bogini.

Większość z nich była wyraźnie przeznaczona dla kobiet i miała być noszona jako biżuteria, ale wkrótce wybrał mały kawałek srebra na delikatnym łańcuszku.

Trzymając ją, dodał ostatni komentarz, na wypadek gdyby zrozumiała.

„Oczywiście, u podstaw wszystkiego, co robimy, leży wzajemna zgoda. Bez niej nie jest to miłość".

Pudełko umieścił na wolnym miejscu na jednej z dolnych półek.

– Oczywiście – powiedziała z lekkim uśmiechem.

Minęła go, kierując się do drzwi.

W ciasnej przestrzeni jej biodra otarły się o jego ciało, a potem zatrzymała się i odwróciła, by na niego spojrzeć.

Jej piersi przyciskały się do jego piersi; Podejrzewał, że nawet w tak ciasnym magazynie robiła to częściej, niż było to absolutnie konieczne.

Ten ruch z pewnością nie był przypadkowy.

„Powinieneś mi powiedzieć więcej" – powiedziała, jej twarz znajdowała się kilka centymetrów od jego rubinowych ust zapraszających do pocałunku. „Ale nie teraz, twój przyjaciel czeka. Może wieczorem przyjdziesz do mnie do domu".

Podała mu swój adres, a Conan zgodził się przyjechać.

To był zaskakujący i bardzo przyjemny obrót wydarzeń...

* * *


Kiedy otworzyła drzwi na jego pukanie, nadal była ubrana w to samo ubranie, co w sklepie.

Tym razem nie udawał, że nie patrzył na jej sylwetkę.

Nie było wątpliwości, że była ładna i nawet w świetle lampy znajdującej się w domu widział, że była zarumieniona, a na jej policzkach pojawił się karmazynowy rumieniec.

Wydawała się niemal zdenerwowana i zastanawiał się, czy robiła już coś podobnego.

Może nie; Powiedziała, że jej rodzice są daleko, więc może rzadko miała taką okazję.

Nie pojawiało się to często tam, gdzie pracowała, a była bardzo młodą kobietą.

Prawdopodobnie nie była dziewicą, tak odważną, jak w końcu była, ale też niezbyt doświadczona w takich sprawach.

Przecież nadal była ubrana schludnie.

– Wejdź – szepnął, rozglądając się, czy nikt inny ich nie widzi.

Szybko wszedł, a ona zamknęła za nim drzwi, opierając się o nie, a jej oczy błądziły teraz po własnym ciele.

– Muriela wierzy w wolną miłość, prawda?

Conan uśmiechnął się.

„Myślę, że doskonale o tym wiesz. Wielu woli pójść na kompromis, ale jak dotąd nie było to po mojej myśli. Więc, Jehnna..." powiedział, nie ukrywając, że obserwuje unoszenie się i opadanie jej piersi pod sukienką: „Jakie konkretne aspekty teologii chciałbyś omówić?"

„Z tego, co słyszę, niektóre z twoich... aktów religijnych mają charakter całkiem fizyczny" – powiedział, a jego głos stał się ochrypły. „Aby doświadczyć więcej panteonu, myślę, że naprawdę powinienem spróbować niektórych z nich. Isztar, bogini serca, jest dla mnie bardzo ważna, ale wszyscy bogowie są ze sobą spokrewnieni i od czasu do czasu trzeba czcić innych , nie sądzisz?"

„To prawda" – przyznał – „a Muriela jest w końcu córką Isztar. Jeśli chodzi o fizyczne akty oddania, nie są one częścią nabożeństw religijnych jako takich. Ale nadal są aktem kultu i teraz czuję, że mam dziś ochotę na uwielbienie. A ty?

Ruszył w jej stronę, a ona wpadła prosto w jego ramiona.

„Tak, uwielbienie jest dobre" – westchnął. „Uwielbienie jest intensywne, fizyczne".

Przytulił ją i pocałował jej czerwone usta, czując, jak jej język przesuwa się po jego.

Jej usta były duże, pulchne i zmysłowe, a jej pocałunek był namiętny, chociaż nie wydawała się mieć zbyt dużej praktyki.

Zdecydowanie nie jest dziewicą, zdecydował, ale prawdopodobnie stosunkowo niedoświadczona.

Był jednak przekonany, że po nocy już tak nie będzie.

Odsunęła się od jego ust, oddychając ciężko.

Jej piersi były przyciśnięte do jego klatki piersiowej, a jego ramiona były już owinięte wokół jej szczupłej talii, podczas gdy ona owinęła ramiona wokół jego szyi.

Prawie dyszał, a jego zielone oczy były szeroko otwarte z niecierpliwości.

„Sypialnia jest na górze" – udało mu się, a słowa wzajemnie się przenikały.

Skinął głową, po czym sięgnął w dół, aby unieść ją pod kolana i przytrzymać ją do piersi, gdy ruszył w stronę schodów i udał się na najwyższe piętro.

Pocałowali się ponownie, kiedy dotarli na podest, on wciąż niósł ją w ramionach.

Skinęła głową w stronę jednych z drzwi, a on pchnął je łokciem.

„Chwileczkę" – powiedział nagle. „Myślę, że Isztar powinna poczekać na zewnątrz".

Zmarszczył brwi, nie wiedząc, co ma na myśli, ale ona odpowiedziała na jego pytanie, wyciągając rękę, by odpiąć jego pasek, na którym widniał święty symbol jej bóstwa.

Pomógł jej go uwolnić, a następnie upuścił go, tak ostrożnie, jak mógł, z zajętymi rękami, na mały stolik przy drzwiach.

– Mam nadzieję, że nie będzie miała nic przeciwko słuchaniu – powiedział, przez co Jehnna znów się zarumieniła, a ona zachichotała.

Wszedł do pokoju, zamknął drzwi nogą za sobą i w końcu pozwolił im opaść na podłogę.

Natychmiast chwyciła go za koszulę, wyciągając ją ze spodni i wsuwając pod nią rękę, aby pogłaskać jego brzuch.

Przyciągnął ją do przodu, by uzyskać kolejny długi pocałunek, gdy jego dłoń powoli wsunęła się do środka, czując włosy na jej klatce piersiowej.

Objęli się, Jehnna obejmowała teraz jego plecy ramieniem, podczas gdy on trzymał jej wąską talię, popychając jej biodra w swoją stronę, przyciskając rosnącą erekcję do jej ciała.

Odsunęła się lekko, po czym obiema rękami podniosła jego koszulę i szybko rozpięła szatę.

Pomógł jej, rzucając ubrania na dywan.

Uśmiechnęła się, jej wzrok błądził po jego nagim torsie, a potem ponownie przesunęła po nim swoimi małymi rączkami, czując jego kształt i jędrność.

Jeśli bycie poszukiwaczem przygód miało jedną zaletę, pomyślał, to utrzymywanie jego ciała w lepszej kondycji fizycznej niż u większości innych wojowników.

Nadal Jehnna nie ruszyła się w stronę łóżka, przyciskając swoje ciało do jego w celu kolejnego pocałunku.

Wciąż była w pełni ubrana, a materiał był miękki i aksamitny w dotyku.

Ta sukienka była teraz przeszkodą, zakrywającą prawie całe jej ciało przed jego wzrokiem.

Pocałował ją w szyję, wciąż trzymając ją w talii, i skubnął jej ucho.

Przesunął dłonie w górę od jej pleców, szukając sznurków łączących sukienkę z tyłu.

Było ich kilka, z ciasnymi sznurowadłami, ale był przyzwyczajony do tego rodzaju rzeczy, rozwiązując je jedna po drugiej, czując palcami lekką bawełnę jej wsuwanej pod zieloną sukienkę.

Przeniósł swoje pocałunki na jej podbródek, a potem z powrotem na te soczyste czerwone usta, zatracając się w chwili, gdy rozdzielił ostatnie więzy.

Nie chciał zniszczyć sukni, która wydawała się być wykonana z cennego materiału, więc ponownie odsunął się od niej, trzymając ją na odległość ramion, aby po raz ostatni spojrzeć, gdy była jeszcze całkowicie ubrana.

Jej włosy były teraz lekko rozczochrane, kilka luźnych pasm opadało jej przed oczami, pomimo spinki utrzymującej kucyk na miejscu.

Oddychała ciężko, z otwartymi ustami i oczami utkwionymi w jego, jakby nie była pewna, co dalej robić, ale mimo to chciała to zrobić.

Delikatnie podszedł do jej ramion, przyciągając do nich sukienkę, pozwalając jej uwolnić ramiona z ciasnych rękawów, a następnie zsunął ją po bokach, aby spoczęła na biodrach.

Pod spodem miała prostą białą halkę, kończącą się nieco poniżej kolan i nie odsłaniającą zbyt wiele dekoltu.

Rękawy były krótkie, sięgały tuż za jej ramiona. Przesunął palcem po ramieniu, czując jej nagą skórę na swojej.

Na szyi nosiła srebrny wisiorek, osadzony w górnej części piersi.

Rozpoznał w tym uproszczoną wersję symbolu Isztar i po kwestii paska postanowił mu o tym nie wspominać.

Bogini serca miała dzieci.

Nie mogła się obrazić metodą, którą zastosował.

Oparła ramiona na jego piersi, a on ponownie przesunął dłonie po jej talii.

Podniósł się, bawełna halki była miękka w jego dłoniach i ciepło jej ciała stało się przez niego widoczne.

Sięgnął do jej piersi i przesunął je przez materiał.

Poczuł, jak jej sutki twardnieją pod jego dotykiem, więc podniósł głowę i zobaczył, że znów się rumieni.

Przyciągnął ją jeszcze raz blisko siebie i objęli się namiętnie, pocałowała go w twarz, a on jedną ręką przeczesał jej włosy (jej kucyk stawał się coraz grubszy), a drugą wzdłuż jej pleców.

Miała bardzo małe ciało, z wyjątkiem tych piersi, które teraz znów były przyciśnięte do jego klatki piersiowej.

Młoda, szczupła i atrakcyjna kobieta.

Zsunął sukienkę z jej bioder, pozwalając jej naturalnie opaść na podłogę.

Minęli sukienkę, w końcu kierując się w stronę łóżka.

Conan zdjął buty i zostawił ją wcześniej na łóżku.

Znowu się rozdzieliliśmy, ale tym razem ona leżała, a on stał, Conan spojrzał na jej półnagie ciało, podczas gdy jej wzrok powędrował do jego brzucha, a potem w dół, do wybrzuszenia pod jego spodniami.

Halka była krótsza niż długa sukienka, ale ze względu na buty do łydek odsłonięte były tylko kolana.

„Pozwól mi zobaczyć, co bogini ma do zaoferowania" – powiedział, podnosząc brzeg halki na biodra.

Pod spodem miała szerokie, nieseksowne i dość skromne bawełniane szuflady, sięgające do połowy uda.

Pamiętając, co wydarzyło się w sklepie, najwyraźniej złapała się za spódnicę ze względu na ilość ubrań, które miała pod spodem.

No cóż, bielizny było tak dużo, bo byłoby jej wygodnie ją tam nosić.

Skinął jej głową, a ona podniosła ramiona, pozwalając mu zdjąć halkę przez głowę, chwytając na sekundę za kucyk, po czym rzuciła ubranie obok sukienki.

Teraz była ubrana tylko w swoje szuflady i buty i, musiał przyznać, warto było na nią przez chwilę popatrzeć ubraną w ten sposób.

Jej młode ciało było bardzo napięte i szczupłe, tak jak to czuł, gdy ją pieścił, a żebra były wyraźnie widoczne po bokach klatki piersiowej.

Jej skóra była blada i różowa, najwyraźniej rzadko widywała słońce, chłodna i miękka w dotyku.

Smukłość talii podkreślała jędrne, młodzieńcze piersi, skierowane ku górze, bardzo wyprostowane i dobrze zaokrąglone.

Jej sutki były bladoróżowe i sterczały chętnie.

Przesunął dłońmi po każdej piersi, czując ich chłód, a następnie ścisnął jej prawy sutek dwoma palcami.

Wisiorek opadł teraz na jej dekolt, a on nie zrobił nic, by przypomnieć jej o jego obecności.

Pochylił się i pocałował gładki szczyt jednej piersi, potem drugiej.

Poruszył się, by polizać jej soczyste sutki, ale zanim to zrobił, pochyliła się i pocałowała podstawę jego mostka.

Stał tam bez ruchu, rozkoszując się uczuciem jej piersi pieszczących jego brzuch, ale ona zaczęła schodzić w dół, odpinając sznurek jego majtek.

Niemal pośpiesznie opuściła je, tak że jego kutas się uwolnił.

Stali tak przez chwilę, zastanawiał się, co zrobi dalej.

– Rozumiem, że to prezent od bogini dla mnie? Zapytał cichym i lekko drwiącym głosem.

Spojrzała na niego, a on w milczeniu skinął głową.

„W takim razie powinnam oddać mu pokłon przy ołtarzu" – odpowiedziała Jehnna.

Kładąc delikatnie dłonie na każdym biodrze, namawiając go, aby to zrobił, odwróciła go, aż stał tyłem do łóżka.

Zdjął spodnie z kostek i posłuchał, leżąc przed nią nago na plecach.

Jej oczy były utkwione w jego erekcji i wzięła kilka uspokajających oddechów.

Potem uklękła przed łóżkiem, pochyliła głowę do przodu i złożyła czuły pocałunek u nasady jego kutasa.

Spojrzał na nią, pod tym kątem widział tylko jej twarz, wąskie kości policzkowe, ciemne włosy, duże zielone oczy i zmysłowe czerwone usta.

W tamtej chwili fakt, że nie widział reszty niej, nie miał dla niego najmniejszego znaczenia.

Rozchyliła usta i przesunęła językiem po jego kutasie, smakując jego jądra, a następnie przesuwając się w stronę główki jego kutasa.

Westchnął głęboko i podniósł się na łokciach, obserwując jej twarz.

Wydawała się niepewna, ale wyglądało na to, że nie potrzebowała żadnej rady, co dalej robić.

Pocałowała jego kutasa, podnosząc jedną rękę, aby ująć jego jądra i masować je miękkimi palcami.

Następnie odsunęła jego napletek, odsłaniając błyszczącą główkę, i pocałowała go wilgotnymi ustami.

Pochylając się bardziej do przodu, Jehnna otworzyła usta, stopniowo zanurzając jego kutasa.

Jęk wymknął się z jej ust, a ona spojrzała na niego, łaskocząc jego jądra dłonią.

Wsuwała i wysuwała jego erekcję, przesuwając językiem po trzonie jego penisa, nawilżając go, jednocześnie drażniąc go palcami.

Na początku była powolna, ale zaczęła nabierać prędkości, od czasu do czasu zatrzymując się, aby ją zwolnić, a następnie ponownie ją pchając.

Kucyk jej włosów opadał na plecy, a luźne pasma ogona opadały na brzuch i biodra.

Jego wolna ręka wyciągnęła rękę i pogładziła jej bok, czując twardość jej brzucha.

Jej zielone oczy utkwiły w nim wzrok, a jej wyraz twarzy był niepewny i trochę zdenerwowany, jakby nie była pewna, czy robi to dobrze.

Jednak w umyśle wojownika nie było takich wątpliwości.

Jej usta i usta były słodkie, miękkie i doprowadzały go do szału; Conan wiedział, że nie zniósłby więcej pieszczot jej językiem i ustami i zastanawiał się, czy chciałaby, żeby spuścił się w jej ustach.

Uczucie tego było odurzające, wraz z potężnym podejrzeniem, że nigdy wcześniej nie robił tej konkretnej rzeczy.

Jej własny oddech był teraz ciężki i szybki, gdy próbowała powstrzymać się od zbyt wczesnego szczytowania.

A może chciała spróbować jego mleka?

Nie mógł być pewien.

Wzięła ostatni łyk, wpychając jego penisa tak daleko, jak tylko mogła, do ust, a następnie wypuszczając go, a jej ślina błyszczała teraz na całej długości.

Oblizała palec i uśmiechnęła się do niego, jej zęby były białe.

Wstała, a jego wzrok powędrował najpierw na jej piersi, a potem na te długie majtki, które wciąż były bardzo ukryte przed jego wzrokiem.

Najwyraźniej pomyślała o tym samym, ponieważ jednym ruchem ściągnęła je i opadła na łóżko obok niego.

Jej ciemny krzak był rzadki, prawie bezwłosy, a między jej nogami widział kilka kropel wilgoci.

Wyglądało na to, że ssanie jego kutasa mocno ją podnieciło.

Tym lepiej, pomyślał, podnosząc rękę do jej podbródka i całując ją jeszcze raz, ich języki się splatały, a smak jego kutasa wciąż był w jej ustach.

Ściskał jej piersi, ciesząc się ich młodzieńczą jędrnością.

Tym razem pozwoliła mu się tam pocałować, ssąc językiem jej lewy sutek, masując go językiem, a następnie otwierając usta, aby wcisnąć w niego jak najwięcej piersi.

Jęknęła i wiła się pod nim, gdy przesunął się do jej drugiej piersi.

Puścił jej piersi i złożył mały pocałunek obok religijnego wisiorka, zachęcając ją, by odpowiedziała.

Sapnęła, jakby nagle sobie to uświadomiła, ale potem po prostu ujęła jego głowę w dłonie i pocałowała go namiętnie.

„Mam nadzieję, że bogini spodoba się to oglądanie, nawet jeśli nie jest to sposób na robienie dzieci" – powiedział Conan, kierując głowę Jehnny z powrotem w stronę jego kutasa.

Jehnna patrzyła na niego pomiędzy rozbawieniem a lubieżnością, kiedy ponownie wciągnęła jego kutasa do ust i ponownie wsunęła rękę między jego jądra.

Teraz był pewien, że chce, żeby to skończyło w jego ustach.

Czuł, że nowy lodzik, który robiła Jehnna, teraz bez przerwy, sprawi, że w każdej chwili dojdzie do bezpowrotnej spermy.

Ssanie jej ust było coraz szybsze i bez przerwy, a pieszczoty jego jąder stawały się dla niej coraz większą zabawą.

A ona patrzyła mu w oczy, ssąc go, co podniecało go jeszcze bardziej.

Poczuł, jak sperma zaczyna unosić się w górę penisa i wpadać do ust Jehnny.

Musiała to również poczuć, trzymając rękę na jego jądrach, bo przestała ich dotykać i skoncentrowała się na przyjmowaniu jego mleka, trzymając teraz jego kutasa obiema rękami i przestając go ssać, aby szeroko otworzyć usta i pozwolić, aby nasienie wpłynęło do niej.

Poczuł, jak całkowicie opróżnił się na język, usta i część twarzy.

Odchylił się do tyłu i patrzył, jak połyka nasienie, a część mleka spływała po jej ustach i pięknych piersiach.

Oblizywała wargi z uśmiechem, który był czymś pomiędzy niegrzecznym a lubieżnym, co znów zaczęło go podniecać.

Zauważył, że jego kutas znów stał się twardy.

Wsunęła więc rękę między nogi i zauważyła, że podczas drugiego loda stała się jeszcze bardziej mokra niż wcześniej.

Jej cipka była prawie przesiąknięta sokiem, była ciepła, zachęcająca i miękka w jego dotyku.

Była gotowa, przygotowana na ostatni akt oddania.

Wstał z łóżka i patrzył, jak przewraca się na plecy, a jej spojrzenie wyrażało lekkie pytanie.

Zauważył, że nadal miała na sobie buty, których większość łydek pokrywała miękka brązowa skóra.

To nie ma znaczenia.

Rozłożył jej nogi i przesunął na brzeg łóżka.

Sięgnął w dół i przesunął palcem po jej cipce, rozchylając miękkie usta i widząc różową wilgoć w środku.

Dyszała, jej ciało drżało, a on chwycił ją za uda i uniósł pośladki.

Jej nogi spoczywały okrakiem na jego klatce piersiowej, buty na jego ramionach, a jej cipka była otwarta przed nim.

Nagłym ruchem wepchnął się do środka, sprawiając, że krzyknęła z przyjemności.

Raz po raz pchał, mocno trzymając jej uda przy swoim ciele.

Jęknęła i sapnęła, jej biodra poruszały się w odpowiedzi na jego pchnięcia, a jej piersi podskakiwały w przód i w tył pod wpływem siły jego wysiłków.

Kontynuował, pchając mocniej, zaczynając jęczeć, gdy krzyki Jehnny wypełniły pokój.

Jej oczy były szeroko otwarte, skupione na jego, jej klatka piersiowa unosiła się, gdy się poruszała, a wisiorek leżał teraz na boku, zlany potem jej namiętności.

Ostatnim pchnięciem uderzył w jej cipkę, krzycząc jej imię, gdy jego gorące nasienie wlało się w nią.

Całe jej ciało drgało, gdy pochwa się kurczyła, a fale orgazmu narastały nad nią.

Największy dar Murieli dla ludzkości.

# ROZDZIAŁ VI
## ZULA

„Wskazują na wielkie zagrożenie dla miasta" – powiedziała Valeria, kładąc stare zwoje na stole.

Spotkali się w jadalni willi, na prośbę elfa.

Conan szybko zdał sobie sprawę, że ma im coś ważnego do powiedzenia, coś, co niedawno znalazł w jakichś starożytnych dokumentach.

Jednak dla niego wydawało się, że jest za wcześnie na kolejną wyprawę.

Właśnie wrócili z ostatniego.

Niektórzy poszukiwacze przygód spędzili całe życie na zwiedzaniu starożytnych ruin, ale to nie był sposób na życie.

Jaki był sens zarabiania tak dużej ilości pieniędzy i skarbów, jeśli nigdy nie miałeś czasu, aby je wydać i cieszyć się tym?

Oczywiście byli ludzie, którzy byli całkowicie oddani walce ze złem, którzy nigdy nie odpoczywali w bitwie i to było godne podziwu, ale on nie był świętym wojownikiem.

Miał jednak pewność, że Valeria nie wezwie ich bez ważnego powodu i chętnie wysłuchał, co ma do powiedzenia.

Elfia czarodziejka była inteligentną, lojalną przyjaciółką, a nie osobą, która lekkomyślnie rzucała się w wir przygód.

Jeśli uważała, że coś jest ważne, prawdopodobnie tak było.

A zagrożenie dla miasta, musiał przyznać, z pewnością byłoby poważnym problemem.

A Valeria oprócz tego, że była inteligentna, była też naprawdę piękna i gdyby była kimś innym, już dawno zrobiłby wszystko, żeby się z nią przespać.

Ale istniały niewypowiedziane zasady, których przestrzeganie uważał za rozsądne.

Nigdy nie spał z innym członkiem grupy i nigdy nie miał takiego zamiaru.

Stworzyłoby to zbyt wiele komplikacji, a nawet zagrożeń, biorąc pod uwagę ich niebezpieczny zawód.

Na świecie było o wiele więcej kobiet i zaczął myśleć o tej grupie niemal jak o własnej rodzinie.

„Są to relacje grupy poszukiwaczy przygód sprzed setek lat" – wyjaśniała Valeria – „ale niestety są niekompletne. Istnieją pewne mapy, ale nie ma żadnych wskazówek, gdzie dokładnie mogą znajdować się pokazane na nich miejsca, poza faktem, że znajdują się pod ziemią, gdzieś pod tym miastem.

Conan skinął głową.

„To prawda, że obecne miasto zbudowane jest na ruinach znacznie starszego. Jednak niewiele z niego pozostało i w ogóle nic nie znajduje się nad ziemią. Jednak biorąc pod uwagę, jak długo Tarantia tu była, wszystko, co było pod spodem, uległo zniszczeniu. zostały w pełni zbadane dawno temu."

„Być może" – odpowiedziała Waleria – „ale co by było, gdyby coś później zmieniono? Starożytne ruiny w takim stanie, jakie są, musiały zostać zapieczętowane. Niewiele o nich wiedzieliśmy. Oczywiście nie jest to pewne. Prawdopodobnie droga do celu jest długa, ale to nie musi oznaczać, że tam na dole nic nie ma. I rzeczywiście, ci starzy poszukiwacze przygód coś znaleźli. Nie jest do końca jasne, co to jest, z wyjątkiem tego, że wydaje się, że przyciągają potwory i tak jak na to wskazują, a przynajmniej tak wierzyli, jeśli stanie się wystarczająco potężny, powstanie z głębin i przejmie miasto.Myślę, że najprawdopodobniej mieli na myśli coś piekielnego, ale dokumenty są niekompletne takie są, to tylko przypuszczenie. założenie. "

„Ale on nie przejął miasta" – zauważyła Zula – „bo by nas tu nie było. W czym problem?"

„Nie, nie zrobił tego, ponieważ go zatrzymali. Ale z tego, co wiem, go nie zabili, po prostu zabezpieczyli go czymś, jakimś zabezpieczeniem, aby uniemożliwić mu ucieczkę. Co z ich punktu widzenia to było więcej niż wystarczające. „Ale zaklęcia nie trwają wiecznie i mag drużyny zdawał się sądzić, że osłabną po kilku stuleciach. Co prowadzi nas do dnia dzisiejszego.”

Yasimina, która z pewnością się tym ożywiła, pochyliła się do przodu na swoim krześle.

„Czy sądzisz, że zagrożenie może być ponownie aktywne teraz, czy już wkrótce?” Potem przerwał na chwilę, marszcząc lekko brwi. „Ale dlaczego nie wyjaśnisz tego jasno? Gdybym zamknął demona w krypcie pod miastem i wiedział, że ucieknie, nawet w ciągu pięciuset lat, upewniłbym się, że opuści bardzo wyraźne ostrzeżenie dla przyszłych pokoleń, a nie twierdzenie, że gdzieś pod ziemią kryje się niebezpieczeństwo.

Valeria westchnęła: „Zgadzam się i obawiam się, że po raz kolejny niekompletność dokumentów utrudnia stwierdzenie, dlaczego tego nie zrobili. Wiadomo, że ponieśli wiele ofiar, wygląda na to, że tylko dwóch z nich przeżyło , łącznie z autorem tego pamiętnika. Mam jednak wrażenie, że mogli zostać wypędzeni z miasta, nie mogąc poza tym zostawić żadnego wyraźnego ostrzeżenia.”

„W porządku” – powiedziała Yasimina, nagle przyjmując rolę biznesową – „załóżmy, że wierzymy w tę historię. Oczywistym sposobem działania byłoby ostrzeżenie władz. Miejmy nadzieję, że zatrudnią nas do uporania się z zagrożeniem, a my będziemy mieli dzięki temu o wiele większe wsparcie.” w taki sposób, jakbyśmy robili to sami. I, o ile widzę, nie ma oczywistego powodu, dla którego mielibyśmy sobie z tym radzić sami. Trudno sobie wyobrazić, że mógłby to być typowy wyprawę. Ale jeśli zostaniemy zignorowani, będziemy musieli pomyśleć inaczej. Inne podejście.

„Nie możemy tego zrobić” – powiedziała Valeria, kręcąc głową. „Ta rzecz, cokolwiek to było, miała zdolność wpływania na mieszkańców całego miasta. Są tu napisane fragmenty, które mówią, że poszukiwacze przygód podejmują wielkie ryzyko nawet kiedy byli w mieście, ponieważ słudzy istoty o nich wiedzieli i podjęli działania. Jest oczywiste, że w tamtym czasie ci słudzy byli nawet we władzach miasta. Teraz może tak nie być, że mogło się to wydarzyć tylko tym razem lub mogło się szeroko rozprzestrzenić i w mieście nadal istnieją ukryte serwery. Ale nie możemy być tego pewni, więc myślę, że powinniśmy zachować to w jak największym ukryciu, dopóki nie dowiemy się więcej Myślę, że: „Musimy się temu przyjrzeć, ale raczej wcześniej niż później, im mniej osób o tym wie, tym lepiej".

Yasimina ponownie odchyliła się na krześle, pogrążona w myślach.

Conan zdecydował, że najlepiej będzie pozwolić jej pomyśleć.

Była przywódczynią grupy, przynajmniej milcząco, i szanował jej decyzje.

W końcu paladyn przemówił.

„Moglibyśmy zbadać sprawę, tak jak mówisz. Zacznijmy od wymyślenia, jak dostać się do tego, co znajduje się pod miastem. Możemy to zrobić tak, aby ludzie nie dowiedzieli się o naszym prawdziwym celu. Czy ktoś ma jakąś sugestię, od czego zacząć?"

„To możliwe", powiedział Snagg, przemawiając po raz pierwszy, „Ja..."

* * *

Okazało się, że w pierwszej części misji w poszukiwaniu informacji Zula nie była potrzebna.

Mając więc przed sobą wolne popołudnie i rozmyślając już o miejskich jaskiniach i gorących źródłach, postanowił się wykąpać.

Pozwoliła Snaggowi i pozostałym zaplanować przebieg działania, a ona wzięłaby trochę wolnego, żeby się zrelaksować.

Wszedł do swojego pokoju, zamykając zasuwę, aby zapewnić sobie prywatność.

Gdy tylko to zrobiła, wspomnienia niedawnej nocy znów ją wypełniły.

Yakin przebywał w tym czasie gdzie indziej w willi i tamtej nocy jedyne, co mogła zrobić, to go szpiegować.

Nie było mowy o realnej szansie na uzyskanie z nim fizycznej bliskości; Ich rasy stanowiły wielką barierę jak zawsze i od tego czasu nic się nie zmieniło.

Właściwie miała nadzieję, że nigdy nie dowie się, co zrobiła.

Pod wieloma względami była to zdrada, której nie potrafiła nawet wytłumaczyć komukolwiek, a już zwłaszcza jemu samemu.

Ale jeśli z punktu widzenia Yakina nic się tak naprawdę nie zmieniło, dla niej było inaczej.

Często wyobrażała sobie to już wiele razy, co by się stało, gdyby tylko był goblinem takim jak ona.

To były przyjemne fantazje, ale to były tylko fantazje i jedyne, czym kiedykolwiek będą.

Nie słyszała o magii, która mogłaby tego dokonać, a nawet gdyby było to możliwe, trudno było jej wyobrazić sobie, dlaczego Yakin byłby skłonny poddać się transformacji.

Mimo wszystko prawdopodobnie lubił być człowiekiem.

Ale teraz, od tamtej nocy, śniła o nim więcej.

To było naprawdę śmieszne.

Więc widziała go nago?

Czy naprawdę było to tak odmienne od tego, co sobie wyobrażał, że jego myśli powinny być teraz przepełnione pożądaniem?

Jednak to właśnie się wydarzyło.

Częścią, którą starał się zignorować, pomyślał, zdejmując buty i zanurzając stopę w ciepłej wodzie wanny, aby sprawdzić temperaturę wody, była, jak zawsze, niezgodność rozmiaru.

Poza tym ludzie i gobliny zdawały się być takie same.

W końcu właśnie dlatego go chciała.

Ale jeśli Yakin miał coś w rodzaju goblina, z jego perspektywy miał gigantyczną posturę.

Z, jak już wiedziała, w pełni proporcjonalnym penisem.

Mogła sobie wyobrazić go stojącego przed nią, tak jak tamtej nocy stał przed kąpielą, rozluźniając więzy, a jego twardy kutas swobodnie wyskakiwał na jej twarz.

Potrząsnęła głową, wypychając ten obraz z pamięci.

Przypominało mu to tylko o przepaści między nimi i nie warto się nad tym rozwodzić.

W łazience powinno być lustro, pomyślał, ściągając szlafrok przez głowę i kładąc go na bocznym stoliku.

Ale tak nie było i musiała sobie wyobrazić siebie taką, jaką on ją zobaczy.

Przesunęła dłońmi po bokach.

Była wystarczająco szczupła, miała płaski brzuch i kobiece biodra.

Z pewnością nie wydawałaby mu się zbyt dziecinna?

Objęła piersi, czując ich kształt.

Na pewno nie ma tam nic dziewczęcego, chociaż nie można było stwierdzić, że ma bardzo bujną klatkę piersiową.

Oczywiście nie miała pojęcia, co Yakin preferował u kobiet.

Jeśli miał dziewczynę, ona nic o tym nie wiedziała.

Miałem nadzieję, że tego nie miał, chociaż to życzenie było zarówno samolubne, jak i ostatecznie daremne; po prostu nie chciała go sobie wyobrażać z nikim innym.

Uszczypnęła swój różowy sutek, ale potem cofnęła rękę.

Może to nie był ten czas i miejsce.

Zaryglowała drzwi, ale pozostali byli niedaleko i bez wątpienia rozmawiali o katakumbach pod miastem.

Powinien wziąć prysznic i mieć to za sobą, a potem może udać się do łóżka.

Profesjonalnie zdjął resztę ubrań, starannie je rozłożył, chwycił ręcznik i stanął na skraju łazienki.

Oczywiście kamienna łaźnia była duża i przeznaczona dla ludzi, a nie goblinów czy krasnoludów.

Był wyłożony marmurem, a pod spodem znajdowały się rury prowadzące do gorących źródeł, utrzymujące ciepłą wodę, choć na szczęście nigdy nie osiągała bardzo wysokich temperatur, a warto było tego uniknąć, pomyślał.

Półka po jednej stronie pozwoliłaby mu usiąść na niej, zamiast wykorzystywać to miejsce jako mały basen, ponieważ ledwo mógł położyć się na dnie.

Woda falowała, pozwalając na zniekształcone odbicie jego ciała.

Nie tak dobre jak lustro, pomyślał ponownie.

Tak czy inaczej, jedyne, co spowodowało, to po raz kolejny przywołało mu do głowy myśli o Yakinie.

Spojrzała na siebie.

Miała dobre uda, pomyślał, raczej zgrabne, a nie za grube lub za chude.

Miała wąski brzuch i ciemne włosy skręcone na bladej skórze bioder.

Była kobietą, dorosłą kobietą.

Ale nawet gdyby widział ją nagą, czy tak by o niej pomyślał, czy też jako o dziwnej postaci przypominającej lalkę?

Wszedł do wody, usiadł na półce, rozkoszując się ciepłem i wilgocią na skórze, ciesząc się tym uczuciem.

Oparł głowę o kamienną krawędź, poziom wody podniósł się tuż poniżej jego ramion.

Sięgnął po pachnące mydło leżące na ręczniku, spryskał je wodą i zaczął się pienić.

Na początku udało jej się zignorować myśli Yakina, leżącego w tym samym basenie, nawet używającego tego samego mydła, ale gdy zeszła na dół, aby namydlić piersi, jej sutki mimowolnie stwardniały, wyobrażając sobie, jak czułyby się jego ręce, pieszcząc ją.

Cholera, to jej donikąd nie prowadziło.

Może także poddać się tym myślom, rozluźniając napięcie w jedyny możliwy sposób.

Chciał się uwolnić, ale nie mógł pozbyć się tego rozproszenia, dopóki ona tego nie osiągnęła.

Cholera Yakin, dlaczego ludzki mężczyzna musiał być taki przystojny?

Odłożyła mydło z powrotem na ręcznik i włożyła dłonie między nogi.

Westchnęła, a jej wargi wypuściły słaby oddech.

To było dobre; Tego właśnie potrzebowała.

Pod wodą wsunął palec w jej cipkę, przesuwając go w górę, aby pocierać jej łechtaczkę.

Zamknęła oczy, wyobrażając sobie stojącego przed nią Yakina wielkości goblina.

Co bym zrobił, gdybym był goblinem i znalazł się z nią w łazience?

Musiałbym oczywiście stanąć na dole.

A potem, tak, całował ją i masował jej piersi.

Poruszył wolną ręką, żeby to poczuć, przesuwając jej sutek między dwoma palcami.

Następnie uniósł ją, biodra do bioder, z nogami owiniętymi wokół jędrnych ud i penetrował ją.

Wsunęła palec jeszcze głębiej, wraz ze swoimi myślami, wsuwając go i wysuwając w wolnym tempie.

Oblizała wargi, wyobrażając sobie smak jego ust, uczucie jego klatki piersiowej na jej piersi, udając, że ciepło kąpieli było ciepłem jego ciała.

Trzymała oczy zamknięte, nie chcąc zrujnować obrazu spojrzeniem na pusty pokój, i kontynuowała eksplorację swojej cipki.

Miał być miękki i powolny, jak zwykle, zamyślony i spokojny, zawsze doprowadzający go do ekstazy.

Będąc elfem w swoich fantazjach, mógłby jej to zrobić, ale jako człowiek nigdy.

Niespodziewanie w jego umyśle pojawił się pewien obraz.

Yakin, teraz w pełnym rozmiarze, pochyla ją, trzyma ją na biodrach, bierze ją od tyłu, uderzając obcasami o kolana.

Ta myśl była nagła, szokująca i przez chwilę zastanawiała się, z której części jej umysłu pochodzi.

Wiedziała, że część niej pragnęła go jak istoty ludzkiej, chciała go nawet mocno, ogarniętego pożądaniem, pieprzącego ją.

Włożył drugi palec w jej cipkę, jej oddech był teraz silniejszy, i wolną ręką skręcił sutek, rozkoszując się lekkim bólem.

Tak, chciała go przelecieć!

Próbowała odtworzyć jego obraz jako mężczyzny wielkości elfa, ale myśl o jego ogromnym, wyprostowanym kutasie przytłoczyła ją, mimo że nigdy nie widziała go w takim stanie.

Jak duży by był, zastanawiał się przez chwilę?

Sześć, siedem cali?

I, dobra bogini, co stanie się z grubością?

Żałowała, że nie zabrała ze sobą czegoś... czegoś z rączką, może... czegoś, czegokolwiek, czym mogłaby sprawdzić jego tolerancję.

Ale tego nie zrobiła, a gdyby tak było, nie byłoby to to samo, co uczucie, gdy pieprzy ją dobry, żywy kutas.

Zagryzła wargę, starając się nie krzyczeć, inni byli tylko pokój lub dwa dalej.

Jej ciało wygięło się w łuk na kamieniu, przesuwając się lekko po półce, a biodra poruszały się odruchowo w kontrapunkcie do jego pchających palców.

Nie obchodziło jej, czy Yakin był teraz człowiekiem, czy goblinem, chciała po prostu jego kutasa w sobie.

Przez chwilę rozważał opuszczenie łazienki i znalezienie bardziej suchej, mniej śliskiej powierzchni, na której mógłby odpocząć, ale był zbyt daleko, aby teraz było to możliwe.

Woda rozlała się na jej ramiona, więc mocniej zagryzła wargę.

Jej łechtaczka płonęła... w każdej... chwili... TERAZ...

Wzdrygnęła się i wydała z siebie cichy, mimowolny jęk, gdy zalało ją białe ciepło.

Gdy to zrobiła, jej pośladki, już w niestabilnej pozycji na półce, zsunęły się swobodnie, wciągając ją pod wodę, gdy nogi się pod nią ugięły.

Chwilę później wypchnął głowę w stronę powierzchni, chwytając się półki lewą ręką.

Stała tak przez chwilę, dysząc, z szeroko otwartymi oczami w poorgazmicznym blasku.

Na koniec odgarnęła mokre włosy z twarzy, odgarnęła je do tyłu i ponownie spryskała się wodą.

Zula wydała długie westchnienie czystego szczęścia.

To było dobre.

Bardzo dobrze ...

# ROZDZIAŁ VII
# CASSANDRA

Cassandra obudziła się, gdy słońce zaczęło zanurzać się w niebo, rzucając pomarańczowe światło przez wąskie okno w jej mieszkaniu na poddaszu.

Spał przez większą część dnia, co nie było niczym niezwykłym.

Wolała noc niż dzień, ponieważ przy mocnym świetle słonecznym rzeczy, które można było zrobić, były zbyt widoczne, a tego nie lubiła.

Co więcej, w nocy widziała lepiej niż ludzie, a nawet elfy, co pozwalało jej widzieć niezauważona.

Było to praktyczne, zwłaszcza biorąc pod uwagę jego delikatne działania wybrane do interesów, ale pomyślał, że noc jest też piękniejsza.

Niebo Tarantii było często czyste, co było zaletą jej suchego środowiska, dzięki czemu gwiazdy i księżyce jasno świeciły wśród aksamitnej ciemności.

A ciemność była o wiele piękniejsza niż światło dnia.

Sposób, w jaki rzeczy kurczyły się w cieniach, czynił je czystszymi, czystszymi niż wtedy, gdy światło słoneczne oświetlało ich rzeczywistość.

Oczywiście jego diabelskie dziedzictwo również mogło mieć znaczenie.

Wysunął się z łóżka, układając cienką pościel na swoim miejscu i szybko się ubrał.

Nie miała dużego asortymentu ubrań, tylko tyle zapasowych, żeby niektóre były zawsze czyste, a jej gust był wystarczająco prosty i praktyczny.

Może gdyby pewnego dnia praca zaprowadziła ją na dobrze ubraną imprezę dla przedstawicieli wyższych sfer, musiałaby kupić drogą sukienkę, ale ten pomysł nie przypadł jej do gustu.

Założył więc obcisłe skórzane paski i szmatę i bawełnianą koszulę bez rękawów.

Ubrania eksponowały jej figurę, sprawiając, że wyglądała bardziej zgrabnie i atrakcyjnie, niż sama sądziła.

W jego własnych myślach liczyły się tylko jego deformacje zrodzone z piekła rodem.

Założyła buty do łydek, zatrzymała się, żeby spojrzeć na siebie w lustrze i rozpuściła zmatowione przed snem włosy, by jak najlepiej ukryć rogi.

Gdy były ukryte, wyglądała jak zawsze ludzka, z bladą, owalną twarzą i sięgającymi do ramion brązowymi włosami z nutą kasztanową.

Zdradziły ją jednak oczy, gdyż ich niezbyt naturalny, ciemnoczerwony odcień był wyraźnie widoczny dla każdego, kto się do niej zbliżył.

Starała się, aby nie zdarzało się to zbyt często.

Zadowolona ze swojego wyglądu, poprawiła pasek i założyła czarny płaszcz z kapturem, który stanowił jej najlepszą ochronę przed byciem widocznym, po czym wyszła z pokoju, umieszczając na wszelki wypadek pułapkę z zatrutymi strzałkami, którą zawsze zostawiała w dziurce od klucza.

Na podeście znajdowały się tylko jedne wąskie schody, które prowadziły na inne piętra aż do poziomu ulicy.

Była to biedna dzielnica miasta, gdyż trudno było mu żyć w zdrowszym miejscu.

Być może pewnego dnia zarobione pieniądze zapewnią jej lepsze mieszkanie, ale musiałoby to mieć charakter bardzo prywatny, a wiedziała, że nigdy nie będzie mogła sobie pozwolić na taką dyskrecję, jakiej Lady Gedren potrzebowała, aby żyć jako handlarz mrocznych elfów w ludzkim świecie. miasto.

Tak często było z półdemonami.

Kiedy opuścił budynek, słońce już chowało się za horyzontem, a na ulicach zaczęły już pojawiać się cienie.

Dowiedziała się wszystkiego, co mogła, o poszukiwaczach przygód, których Gedren chciał, żeby okradła.

Wystarczająco, by wiedzieć, że staniecie twarzą w twarz z nimi nie było rozsądną propozycją, nawet jeśli taka była jego preferencja.

Nie było to zaskakujące, ponieważ poszukiwacze przygód należeli do najbardziej śmiercionośnych przeciwników.

Zakładając, że przeżyli kilka pierwszych wypraw, samotnie musieliby stawić czoła większej liczbie okropności, niż większość ludzi przez całe życie, i przeżyć, by opowiedzieć swoją historię.

Nie wspominając o przydatnych magicznych łupach, które udałoby im się zdobyć.

Nie, bezpośrednia walka nie wchodziła w grę.

Ale ona już wiedziała: musiała to tylko potwierdzić.

Następne pytanie dotyczyło bezpieczeństwa jej domu oraz tego, jak łatwo lub trudno będzie wejść i wyjść bez wykrycia.

Szkoda, że nie mieszkali po prostu przed gospodą, jak wielu, ale byli na to zbyt mądrzy i odnosili sukcesy.

Więc dziś wieczorem dowie się wszystkiego, co tylko będzie mogła, o swojej wiosce.

* * *

Jak tylko mógł, pozostawał w cieniu, co ułatwiała ciemność nocy.

Większość ludzi w okolicy wiedziała wystarczająco dużo, aby nie komentować jej zwykłego płaszcza z kapturem, a poza tym w okolicy nie była jedyną osobą, która i tak chciała uniknąć uwagi.

Generalnie nie było zbyt wielu komentarzy na temat przechodniów w tej części miasta.

Mimo to, najszybciej jak mógł, przemykał alejkami, energicznie przemierzając korytarze znane mu z dzieciństwa.

* * *

Oczywiście zauważyła je z dużym wyprzedzeniem.

Prawdę mówiąc, prawdopodobnie widziała ich, zanim oni zobaczyli ją.

Ale nie przywiązywała do nich dużej wagi, była po prostu dwójką przybyszów do miasta, zagubionych w bocznych uliczkach.

Sądząc po stylu ubioru, najwyraźniej przybyli tu niedawno i nadal mieli na ubraniach kurz z podróży.

Byli wychudzeni, nieco rozdarci, najwyraźniej przeżyli ciężkie czasy, jak wielu tutaj.

Może szukali taniego pensjonatu, a może nawet mieszkania chronionego, w którym mogliby przenocować.

Jeden z nich nagle pojawił się przed nią, blokując jej drogę.

Jej oczy rozszerzyły się ze złości, ponieważ był od niej o około sześć centymetrów wyższy.

Zauważyła jego wiotkie włosy i zarost na brodzie, a jej nozdrza zaatakował zapach potu i brudu zmieszany z wyraźną nutą odrobiny alkoholu.

W jednej ręce trzymał nóż, celując w nią.

„Teraz twoje pieniądze" – zażądał, czując w oddechu świeży zapach alkoholu.

„Nie sądzę" – powiedziała spokojnie, jej ręka już ukradkiem poruszała się pod płaszczem.

Wytrzymał jej spojrzenie, albo zbyt pijany, albo zbyt głupi, by odczytać wyraz jej oczu lub zauważyć ich nienaturalny kolor.

A może było dla nich za ciemno.

Jej przyjaciółka krążyła już za nią, odcinając jej drogę ucieczki.

Bardzo źle z nimi.

„Och, zrobisz to" - powiedział - „i może coś jeszcze, co?" Roześmiał się, ukazując połamane i poplamione zęby.

Jego dłoń z nożem wciąż była skierowana w jej stronę, drugą ręką próbował chwycić jej klatkę piersiową.

Jego reakcja była błyskawiczna, chwycił lewą rękę z nożem i mocno ją wykręcił.

Jego prawa ręka wysunęła się spod płaszcza i wbiła nóż pod mostek, wbijając go aż po rękojeść.

Sapnął, ale nie krzyknął, po prostu wypuścił z siebie nieświeży oddech.

Zatoczył się do tyłu z szeroko otwartymi oczami ze zdziwienia i spojrzał na szybko rosnącą plamę na przodzie swojej koszuli.

Upuściła już nóż i odwróciła się twarzą do drugiego napastnika.

Nawet się nie poruszył, nic nie zrobił, najwyraźniej równie zamrożony i zszokowany jak jego towarzysz.

Spojrzał na nóż, wciąż ociekający krwią, a potem na Cassandrę z maską niezrozumienia.

Idiota zasługiwał na śmierć, pomyślała.

Zamiast tego odwrócił się i uciekł, biegnąc w noc tak szybko, jak tylko mogły go unieść nogi.

Nawet nie zadała sobie trudu, by go gonić; nie miałby tu żadnych przyjaciół i nie było sensu marnować jego energii.

Za nią rozległ się łomot, gdy pierwszy mężczyzna upadł na ziemię.

Odwróciła się, żeby spojrzeć i zobaczyła, jak leżał na ziemi w polnej drodze, dysząc jak ryba wyjęta z wody, próbując zatamować upływ krwi.

Umierał, to było jasne.

Ale nie wystarczająco szybko.

Uklękła przed nim i przez sekundę lub dwie patrzyła, jak próbował się wyśliznąć i jednocześnie zakryć ranę.

Spojrzał na nią błagalnie, ale ona po prostu ponownie użyła sztyletu i poderżnęła mu gardło.

Głowa mu opadła na bok, a oczy zaszkliły się.

Wytarła miecz o ubranie, schowała go z powrotem, po czym ostrożnie stąpała, aby nie zanurzyć stóp w kałuży krwi, przeszła po jego zwłokach i poszła alejką.

Nie mogła tracić na to zbyt wiele czasu, w końcu miała sprawy do załatwienia.

* * *

Willa była typową dwupiętrową rezydencją z dwoma długimi skrzydłami rozciągającymi się po obu stronach otoczonego murem dziedzińca.

Podobnie jak wiele innych budynków w tej części miasta, dach miał płaski szczyt, chociaż w narożnikach, gdzie skrzydła łączyły się z głównym budynkiem, stały dwie małe miedziane kopuły.

Powinna zachować ostrożność, gdyż nie chciała zwracać na siebie zbyt dużej uwagi w tej zamożniejszej części miasta.

Pozostawienie tutaj zwłok przyciągałoby wiele uwagi, a w końcu chciała tego uniknąć.

Wkrótce jednak mógł potwierdzić, że okna na parterze miały mocne żelazne kraty, które uniemożliwiały przedostanie się do środka niczego szerszego niż dwa lub trzy cale.

Mieli też rolety, które bez wątpienia zostaną zaciągnięte później w nocy.

Ściany były strome, co uniemożliwiałoby wspinanie się po nich do górnego okna lub na dach bez haka... mimo wszystko, warto było rozważyć zaczepienie.

Bardziej przydatna byłaby jednak odrobina wiedzy o tym, jak grupa spędzała tu dni i noce.

Jakie było prawdopodobieństwo, że na przykład dom pozostanie pusty?

Najlepiej byłoby mieć pojęcie, gdzie trzymali swój skarb, kiedy go nie używali.

Gdzieś musiał być skarbiec i oczywiście byłoby lepiej, gdyby nie musiała przeszukiwać całej willi, żeby go znaleźć.

Oczywiście, pomyślał ze smutkiem, jakakolwiek szansa, że ujawnią informacje na ten temat, jest naprawdę ograniczona.

Z dziedzińca i górnego piętra willi rozlewało się światło latarni ulicznej.

Wiele osób szło spać, gdy tylko zapadł zmrok, a zmierzch zapadał już tak głęboko, że żaden człowiek nie mógł czytać bez pomocy.

Lub zrób coś innego bez źródła światła, jeśli o to chodzi.

Ale poszukiwacze przygód byli nadal aktywni.

Podczas drugiego przejścia przez bramy otoczonego murem ogrodzenia podszedł tak blisko, jak tylko mógł, nie czyniąc tego zbyt oczywistym, i usłyszał odgłosy rozmów dochodzące ze środka.

Zatem przynajmniej część z nich znajdowała się teraz na dziedzińcu, a nie w budynku.

I to podsunęło mu pomysł.

Rozejrzał się po sąsiednich budynkach.

Podobnie jak sama willa, większość miała dwa piętra, co oznaczało, że z drugiego piętra powinno być widać ponad ścianą dziedzińca.

Ulice były puste, ale Cassandra nadal była ostrożna, przemykając alejką za czymś, co wyglądało na normalny dom.

W domu było ciemno, więc albo nikogo nie było w domu, albo już położyli się do łóżek, a oba przypadki odpowiadały ich celom.

Rozglądając się, czy jest sama, wspięła się na okno na parterze, chwytając się nadproża powyżej.

Poruszając się cicho, ale pewnie, oparł się o ścianę.

Na szczęście była na tyle ozdobna, że wspinanie się na nią nie stanowiło większego problemu dla kogoś z doświadczeniem, w przeciwieństwie do gładkich ścian samej willi.

Na pierwszym piętrze, gdy dotarł do krawędzi płaskiego dachu, zamarł, słysząc dźwięki dochodzące ze środka.

Być może to miejsce nie było tak puste, jak myślała.

„Panie Imp" – odezwał się kobiecy głos w wyraźnie udawany dziewczęcy sposób – „nie wiem, czy powinnam się tu zmoczyć. A co, jeśli mógłbyś zobaczyć pewne rzeczy?"

Sposób, w jaki mówił, sprawił, że Cassandra miała wrażenie, że rozmawia z kotem lub innym zwierzakiem, a absurdalne imię potwierdzało tę teorię.

Zamiast tego odezwał się męski głos:

„Och, ale obiecuję, że nie będę patrzeć na nic, czego nie chcesz, żebym zobaczył".

„O ile nie zrobisz nic złego... byłoby to zbyt ekscytujące!"

Cassandra westchnęła, gdy oboje przestali rozmawiać, i weszła do czegoś, co prawdopodobnie było sypialnią.

Nie sięgały sufitu, a to się liczyło.

Przez chwilę myślała o wyborze innego domu, ale było już na to trochę za późno.

Kiedy para znajdowała się poza zasięgiem słuchu, wspiął się na szczyt budynku.

Dach, jak wiele innych, był płaski, otoczony niskim murkiem i klapą, przez którą można było zejść do samego domu.

Miała pewność, że mieszkańcy udali się do przeciwległego kąta domu i, miejmy nadzieję, teraz idą spać, zostawiając ją bezpieczną.

Niemal kocim ukryciem przeszedł przez dach i położył się na stronie zwróconej w stronę willi, patrząc ponad ścianą, która miała zaledwie osiem cali wysokości.

Była w ciemności, a miasto było oświetlone; Mało prawdopodobne było, że mogliby ją stamtąd zobaczyć, nawet gdyby patrzyli dokładnie w jej stronę, a nie mieli powodu.

Słyszałem chichoty dochodzące z dołu, przerywające od czasu do czasu irytującej kobiecie, aby mogła rzucić jakiś idiotyczny komentarz lub coś innego.

Miał nadzieję, że wkrótce ucichną, a przynajmniej że kobieta, bo wydawało się, że to ona mówi najwięcej, bo w takim wypadku mogłaby nawet mieć okazję podsłuchać rozmowę z willi.

Musiał jednak uważnie słuchać, a do tego potrzebował przynajmniej chwili ciszy.

Poszukiwacze przygód najwyraźniej jedli kolację na świeżym powietrzu.

Na dziedzińcu ustawiono duży stół, wokół niego krzesła, a na ścianach wisiały liczne latarnie.

Najwyraźniej skończyli jeść i gdy patrzyła, młoda służąca sprzątała talerze.

Mógłby stanowić problem; Było prawdopodobne, że przebywał w willi nawet wtedy, gdy ich nie było.

Oczywiście nie byłoby jej zbyt trudno sobie z tym poradzić, gdyby musiała z nim walczyć, ale to skomplikowałoby sprawę i wolałaby tego unikać, gdyby tylko mogła.

Przecież nie lubiła zostawiać za sobą śladów ciał, nawet jeśli czasami było to konieczne.

Na dziedzińcu było więcej ludzi, niż sądziła, z czego składa się grupa, co sugerowało, że mieli gości.

Natychmiast zidentyfikowała trzech poszukiwaczy przygód.

Krasnoludem musiał być Snagg, a Zula goblinką.

Przystojny mężczyzna o ciemnych włosach i krótkiej brodzie to z pewnością Conan i on też jako jedyny oprócz Snagga nie miał na sobie żadnego munduru.

Pozostałe jednak były trudniejsze do zidentyfikowania.

O ile wiedziała, szukała także elfiej czarodziejki i ludzkiego paladyna, obu kobiet.

Jednakże, los chciał, że wśród pozostałych sześciu osób przy stole znajdowały się cztery kobiety, dwa elfy i dwóch ludzi, podczas gdy pozostałą dwójką gości byli mężczyźni.

I tak mogła już wykluczyć mężczyzn, po pierwsze dlatego, że byli mężczyznami, a po drugie dlatego, że obaj mieli na sobie mundury Kościoła Ymira, boga honoru, jeden rycerz, drugi duchowny.

Musieli być przyjaciółmi Lady Yasiminy, paladynki i przywódczyni grupy, a ona wiedziała, że tu nie mieszkają, więc nie stanowili bezpośredniego problemu.

Obie ludzkie kobiety miały jasne włosy i nosiły eleganckie sukienki.

Jedną z nich musiała być sama Lady Yasimina, ale w tej chwili nie wiedział, która jest która.

Jedna z elfek miała długie blond włosy, druga miała je obcięte blisko karku, ale nie miała na tyle dokładnego opisu Valerii, żeby to jej pomogło.

Jej ubranie też nie pomogło, bo każda z nich mogła być czarodziejką...

Czy Valeria ubrałaby się w tradycyjny strój dla elfów, czy może w prostą białą suknię w najczystszym ludzkim stylu?

Nie było sposobu, żeby się tego dowiedzieć.

„Ooch, panie Imp!" — krzyknęła kobieta z dołu, najwyraźniej w stanie udawanego szoku. „Widzisz moje piersi! Co my do cholery robimy?"

Cassandra zacisnęła pięść, pragnąc, żeby ta niedorzeczna kobieta po prostu się zamknęła i miała to już za sobą.

Pomijając bzdury, które opowiadał, sam jego głos był irytujący i przeszywający, będący ciągłym, wysokim piskiem.

Kimkolwiek był „Pan Imp", miał on bardzo zły gust, jeśli chodzi o kobiety.

Próbowała ponownie skupić się na grupie po drugiej stronie ulicy, ale z powodu hałasu dochodzącego z domu pod nią nie mogła usłyszeć niczego, co mówili.

Sługa pozostał w kącie dziedzińca, poza kręgiem, jakby czekał na dalsze instrukcje, natomiast pozostali pili wino i rozmawiali między sobą.

To była jasna noc, bezchmurne niebo... na pewno by je usłyszała, gdyby nie zakłócenia z dołu.

„Ooch, nie wolno ci mnie tam dotykać, byłoby źle!"

Mężczyzna, który do tej pory milczał, przerwał mu własnym wtrąceniem.

„Kotek, possij mojego fiuta!"

Dzięki Bogu, pomyślała Cassandra, gdy to działanie w końcu uciszyło kobietę.

Być może mężczyzna znudził się jej gadaniem tak samo jak ona i pomyślał o skutecznym sposobie, jak ją uciszyć.

Przy przynajmniej chwilowym wyciszeniu dźwięków poniżej, zgodnie z jej przypuszczeniami, można było usłyszeć fragmenty rozmowy grupy.

Wkrótce stało się jasne, że goście nie byli poszukiwaczami przygód, lecz raczej trzech z nich było powiązanych ze świątynią Ymira.

Ponieważ dotyczyło to także elfiej kobiety w białej sukni, drugim elfem musiała być Valeria.

Było również oczywiste, że Conan flirtował z krótkowłosym elfem, choć Cassandra wyczuła z jej mowy ciała, że między nimi nie było zbyt blisko.

Jeśli jednak miał słabość do kobiet, mogłoby jej się to przydać.

Gdy poszukiwacze przygód opisali swoje najnowsze wyczyny, wkrótce stało się jasne, która z ludzkich kobiet to Yasimina.

Nie było żadnej wskazówki co do tożsamości drugiej osoby, która zdawała się nie mówić zbyt wiele i czasami wydawała się trochę niekomfortowa.

Co jednak najważniejsze, Cassandra miała nadzieję, że uda jej się wyciągnąć jakąś wskazówkę dotyczącą swojego skarbu z historii o jego odnalezieniu.

Najwyraźniej w północnej dziczy znajdował się jakiś głęboko podziemny grobowiec.

Przypuszczał, że to idealne miejsce na znalezienie jakiegoś przedmiotu z czarnej magii, który pasowałby do opisu Lady Gedren.

Gdyby tylko mogła posłuchać trochę więcej, to...

„Czy mój Lord Imp zrobi teraz ze mną to samo? Jestem pewien, że tak! Ponieważ mam trochę wilgoci między udami, czy mój Lord Imp może wymyślić coś, co mógłbym zrobić, aby poczuć się lepiej?”

Cassandra zacisnęła zęby i powstrzymała chęć walenia głową w ścianę.

Albo jeszcze lepiej, zejdź na dół i zabij idiotę.

Gdyby nie fakt, że morderstwo przyciągałoby zbyt wiele uwagi, nie była pewna, czy miałaby dość siły, aby tego uniknąć.

Być może nawet Twoi sąsiedzi będą Ci za to wdzięczni.

„O cholera, tak", powiedział męski głos, po którym nastąpił długi okrzyk radości ze strony kobiety.

Jeśli mówiła wcześniej, teraz było jeszcze gorzej.

Jego wysoki, nosowy głos, który brzmiał, jakby rozbił szkło, na przemian krzyczał jak jakieś torturowane zwierzę, od czasu do czasu nawołując do kochanka, a odgłosem energicznego klapsa.

Cassandra zastanawiała się, sądząc po dźwiękach, czy jej też dawał klapsy, chociaż uważała, że lepszym rozwiązaniem byłoby uduszenie.

Półdemon trzymał głowę w dłoniach i patrzył na inne pobliskie budynki.

Trudno byłoby się tam dostać, ale byłoby warto.

Chociaż będąc dalej od willi, może to niewiele pomóc.

Jak długo ci dwaj idioci będą to ciągnąć?

W końcu, gdy zaczynał myśleć o sposobach ich zabicia, aby uniknąć przyciągania niechcianej uwagi, mężczyzna wydał głośny jęk, a para zapadła w szczęśliwą ciszę.

Cassandra odsunęła ręce od uszu i ponownie wyjrzała na balkon.

Niestety, wydawało się, że goście wyszli.

Wszelkie dalsze informacje, które mógł uzyskać, przepadły już na zawsze.

Z frustracji chciałem uderzyć w sufit, ale to spowodowałoby hałas i zaalarmowało milczącą teraz parę na dole.

Podejrzewałem, że nie było już nic więcej do nauczenia się.

Tak więc najszybciej i najciszej jak mógł, przemknął z powrotem do tylnej ściany i zszedł na dół.

Im szybciej stąd wyjdzie, tym lepiej.

Kiedy przykucnął, po raz ostatni usłyszał przeszywający głos. „Oooh, do cholery, zrobimy to jeszcze raz...?”

# ROZDZIAŁ VIII
# ADRIANA

Krasnoludy przebywały w Tarantii wystarczająco długo, aby zbudować w mieście własną dzielnicę.

Mimo że Conan mieszkał w tym mieście przez całe życie, był to obszar, w którym Conan rzadko bywał.

W przeciwieństwie do elfów, krasnoludy rzadko posługiwały się magią, a zwarty i rozważny duch ich kultury nie dawał mu powodów, aby je odwiedzać.

Tak naprawdę Lady Yasimina prawdopodobnie znała tę dzielnicę lepiej niż on, ze względu na jej dobrych płatnerzy.

A wraz z nimi był oczywiście Snagg.

Rozglądając się po blokowiskach z małymi oknami, niemal zastanawiał się, dlaczego zgłosił się na ochotnika.

Gdyby jednak udało im się zdobyć plany ruin pod miastem, pomocna mogłaby okazać się jego znajomość starożytnej historii Tarantii, wraz z naturalnym wyczuciem architektury i kamienia Snagga.

Jednakże czuł też, że krasnoludy to życzliwi ludzie, chociaż dalecy od beztroskiej, kochającej zabawę natury elfów, a nawet, w pewnym stopniu, goblinów.

Taka była natura ich kultury: byli mistrzami rzemiosła, poświęcającymi cały swój czas pracy poświęconej doskonaleniu swojej sztuki, nie pozostawiając czasu na radość.

Lady Yasimina prowadziła ich, gdy szli krasnoludzkimi ulicami, ułożonymi w kwadratową siatkę, równie regularną i monotonną jak otaczające je budynki.

Jako paladyn prawdopodobnie aprobował wkład krasnoludów i nawet Conan musiał przyznać, że byli to honorowi i odważni ludzie.

Snagg nie raz uratował sobie życie.

Poprzedniego wieczoru Yasimina zaprosiła kilku swoich przyjaciół ze świątyni Ymir na przyjemny wieczór pełen jedzenia i rozmów na dziedzińcu.

Nie rozmawiali o oczywistym zagrożeniu dla miasta, ale ci w Świątyni byli potencjalnymi sojusznikami, gdyby kiedykolwiek byli potrzebni.

Valeria przyprowadziła także przyjaciółkę o imieniu Onna, ale znał się na kobietach na tyle, by stwierdzić, że jej nie pociągał.

Jednak bardziej bezpośrednie zainteresowanie, przynajmniej z punktu widzenia Conana, stanowiło to, że młoda elfia tarczownica Świątyni była bardzo ładna, nawet ubrana w prostą biel swojego zakonu.

Szkoda, że jako kobieta stawiająca pierwsze kroki na ścieżce do paladyna opierała się jego próbom flirtowania z nią.

Przynajmniej nie sprawiała wrażenia urażonej, a nadzieja, że pewnego dnia wyląduje z nią między pościelą, nie była, pomyślał, całkowicie naciągana.

Ale tutaj nie ma na to szans, pomyślał.

Nawet krasnoludzkie kobiety, które nie były tak ostrożne, ledwo przypominały jego wizerunek idealnej towarzyszki łóżka.

* * *

Ich cel, kiedy dotarli, był, musiał przyznać, zupełnie inny od otaczających go nudnych budynków.

Był zdecydowanie wyższy i miał drzwi odpowiedniej wysokości.

Ozdobne kontrramy po obu stronach ścian, z łukowatymi witrażami przedstawiającymi obrazy zamków i wież, kowadeł i młotów.

Nad głównym wejściem wisiał herb, wyrzeźbiony w kamieniu ze szczególną starannością.

Kiedy krasnoludy chciały pochwalić się swoimi umiejętnościami, z pewnością mogły.

W tym celu powstała Gildia Masonów z Tarantii, zawód zdominowany przez krasnoludy, chociaż było też kilka goblinów i ludzi.

Mieli nadzieję, że tutaj znajdą odpowiedzi, których szukali, korzystając z pomocy niektórych kontaktów Snagga.

Conan wiedział, że krasnoludzki wojownik nie pochodził z miasta, lecz przybył z gór na południu.

Przybył tu w poszukiwaniu fortuny i jako członek grupy poszukiwaczy przygód na ogół ją odnalazł.

Jednak nadal nawiązał pewne więzi z miejscowymi, pomimo ich różnych klanów, co najwyraźniej stanowiło ważny aspekt krasnoludzkiej kultury, z tego, co rozumiał.

Weszli we trójkę po schodach i minęli drzwi prowadzące do holu.

Budynek najwyraźniej został zbudowany z myślą o ludziach, ale panowała w nim niepowtarzalna krasnoludzka atmosfera.

Podłogę w holu wyłożono polerowanym marmurem, wyłożonym kolumnami wznoszącymi się do ozdobnego sufitu przypominającego jaskinię.

Kamienne rzeźby zdobiły ściany, przedstawiając różne etapy budowy dużego budynku, a balustrady schodów na piętro pokryto błyszczącym metalem.

Do grupy podszedł krasnolud ubrany w jakąś szarą liberię i krótko porozmawiał ze Snaggiem, po czym zniknął w budynku.

Cała trójka czekała grzecznie, patrząc na dzieła sztuki wystawione przez budowniczych, aż krasnolud w liberii wrócił z inną osobą i ponownie zajął swoje miejsce przy drzwiach.

Przybyszem był kolejny krasnolud, oczywiście dość młody mężczyzna, z gęstymi brązowymi włosami i stosunkowo krótką brodą.

Ubrany był w solidne, ziemiste odcienie, miał ciężkie buty ulubione przez jego rasę i kilka złotych i srebrnych pierścionków na palcach.

Był niewątpliwie dobrze prosperującym rzemieślnikiem, choć prawdopodobnie był jeszcze za młody, aby prowadzić własną działalność gospodarczą.

„Snagg!" powiedział, formalnie ściskając dłoń wojownika, „dobrze cię znowu widzieć. Musisz przedstawić mnie swoim towarzyszom".

„Rimir, to są moi towarzysze: Lady Yasimina i Conan, czarodziej. Yasimina, Conan, to jest Rimir, główny rzemieślnik klanu Bardalf".

Wojownik nie mógł nie zauważyć formalności sformułowania, chociaż nie było ono zbyt długie i kwieciste.

Obowiązywał tu jasny protokół, ale przynajmniej nam się to nie nudziło.

„Mamy do omówienia sprawę biznesową. Być może posiadasz pewne informacje, które mogą nam pomóc".

„Oczywiście", odpowiedział najmłodszy krasnolud, „ja i mój ojciec prowadziliśmy własną działalność gospodarczą, ale jest już prawie ukończona i możesz do nas dołączyć. Wtedy będziemy mogli porozmawiać o twoich sprawach". Uśmiechnął się, najwyraźniej był przyjacielskim facetem o otwartym umyśle, jeśli chodzi o swoją karierę, i poprowadził go do drzwi, z których przyszedł.

Po drugiej stronie drzwi znajdował się korytarz otoczony kilkoma pokojami, salami konferencyjnymi, najwyraźniej przeznaczonymi dla rzemieślników i ich klientów, w których panowała cisza.

Weszli do jednego z pomieszczeń, które podobnie jak reszta budynku miało kamienne ściany z rzeźbionymi fryzami zamiast gobelinów czy drewnianych paneli.

Było tam kilka krzeseł, niektóre odpowiednie dla ludzi, inne dla krasnoludów, a także długi stół, na którym leżało kilka zwojów.

Witraż z wizerunkiem mostu wpuszczał do pomieszczenia mnóstwo światła.

Po jednej stronie stołu, twarzą do okna, siedział starszy krasnolud z siwymi włosami, długą splecioną brodą i grubą srebrną bransoletą oraz klamrą paska ozdobioną pionkiem, który wskazywał na jego wysoki status.

U jego boku stał młody krasnolud i kiedy przestał patrzeć na drugiego krasnoluda, wzrok Conana natychmiast powędrował do trzeciej osoby w pomieszczeniu, najwyraźniej klienta rzemieślnika.

Wyglądała na około trzydzieści lat i była ludzką kobietą ubraną w długą ciemnoniebiesko-zieloną suknię.

Ocenił, że była nieco wyższa od średniej dla ludzi, przez co górowała nad krasnoludami w pomieszczeniu.

Miała długie piaskowe blond włosy związane w kucyk sięgający do połowy pleców oraz smukłą twarz z czerwonymi ustami i niebieskimi oczami.

Jej skóra była blada i gładka, a na kościach policzkowych znajdowało się kilka bladych piegów.

Kiedy przyszli, pochylała się nad stołem i podnosiła niektóre zwoje, chociaż wysoki krój jej sukienki pozwalał mu widzieć tylko zarys jej piersi i krzywiznę bioder.

Kiedy weszli, podniósł wzrok, a jego spojrzenie wydawało się niczym więcej niż zwykłą ciekawością.

„Witam" – powiedział najstarszy krasnolud, stojąc sztywno – „Jestem Othan das Bardalf, mistrz murarski i architekt. To – wskazał pozostałemu krasnoludowi – „jest moja córka Astrid, a to kupiec Adriana, z którym jesteśmy mieć sprawę do załatwienia."

Snagg przedstawił swoich towarzyszy po raz drugi, po czym Yasimina wystąpiła naprzód, krótko ściskając dłoń Othana i zachowując swoją formalną postawę.

„Jesteśmy poszukiwaczami przygód, mistrzu murarskim, którzy odzyskują utracone skarby z ukrytych katakumb. Prosimy o twoją pomoc w kwestii wiedzy architektonicznej i kłaniamy się twojej wiedzy".

Conan pomyślał, że to wszystko jest trochę naciągane, ale Othan wydawał się pod wrażeniem.

Okazało się, że dochowano wszelkich formalności.

„Proszę, dołączcie do nas" – powiedział, wskazując krzesła po przeciwnej stronie stołu.

Na wzmiankę o poszukiwaczach przygód oczy Adriany zdawały się nieco rozszerzyć i z ciekawością spojrzała na grupę, jej wzrok spoczął najpierw na Snaggu, a potem na wojowniku.

Wydawało się, że powinni tam zostać trochę dłużej, niż to konieczne, a zrobiło jej się trochę gorąco.

Może jednak dałoby się coś zyskać z tej wizyty, poza odrobiną informacji...

„Jest..." zaczęła Adriana, robiąc krótką pauzę, jakby nie wiedziała, co powiedzieć, „tylko coś, co muszę wyjaśnić, ale nie będę się tym przejmować. Nie masz nic przeciwko, jeśli zostanę na chwilę?" Przeniósł wzrok z Othana na Yasiminę, ale to Conan odpowiedział pierwszy.

„Wcale nie" – powiedział. „To nie potrwa długo, zanim skończymy".

Yasimina spojrzała na niego ze zdziwieniem, aż nagle zrozumiała, jaki musi być powód.

Jego twarz wykrzywiła się nieco, ale nic nie powiedział, patrząc na mistrza murarskiego.

Kiedy on również wyraził zgodę, ludzki kupiec usunął krzesło ze stołu i przesunął je pod przeciwległą ścianę, za krasnoludami, skąd mogła widzieć poszukiwaczy przygód, ale nie wydawała się bezpośrednio brać udziału w dyskusji.

Wszyscy usiedli, po trzech po każdej stronie stołu.

Adriana siedziała przy oknie, nieco w cieniu, lecz wzrok wojownika biegł w jej stronę znad głów krasnoludów.

Na szczęście Yasimina wydawała się całkowicie skupiona na interesach, ale podejrzewałam, że w tym przypadku nie zgodziliby się na żaden flirt.

Tak naprawdę nie był pewien, jak będą wyglądać zaloty z krasnoludami, chociaż podejrzewał, że zajmie to sporo czasu.

„Interesuje nas przeszłość miasta i jego starożytna architektura" – zaczęła Yasimina – „w szczególności podziemne ruiny. Mieliśmy nadzieję uzyskać tutaj jakieś informacje na ich temat... na przykład ciekawostki historyczne lub sposób, w jaki aby uniknąć budowania nad nimi, czy to możliwe, że mają jakieś informacje tego typu?

„Mamy oczywiście pewną wiedzę" – powiedział Othan – „ale nie jest to informacja, którą zwykle dzielimy się z obcymi, nie mówiąc już o ludziach. Po części są to nie tylko informacje o gildii, ale także o klanie... ten facet z wiedza jest trudna do zdobycia i niełatwo ją przekazać naszym rywalom."

Conan pomyślał, że zachowuje się trochę wymijająco.

Czy mieli pojęcie o zagrożeniu, jakie stwarzają podziemne ruiny, a przynajmniej wskazówkę, że może tam kryć się coś złego, o czym nie chcieli z nikim rozmawiać?

Przynajmniej było to możliwe, ale negocjatorką grupy była Yasimina.

Ona i Snagg razem powinni być w stanie zdobyć od krasnoludzkich murarzy to, czego potrzebowali.

Jeśli ktokolwiek mógł tego dokonać, to tylko oni.

I tak zauważył, że jego umysł trochę błądzi, najwyraźniej na temat ludzkiego kupca.

Adriana z pewnością wyglądała na nieco podenerwowaną.

W rzeczywistości wydawała się nie zwracać zbytniej uwagi na rozmowę, zamiast tego wydawała się bardzo skupiona na własnych myślach.

Spojrzała na poszukiwaczy przygód i wojownik był całkiem pewien, że teraz wygląda na podekscytowaną, ponieważ jej oczy mimowolnie rozszerzyły się, a dłonie miała splecione, jakby chciała uniknąć ujawnienia swojego zainteresowania.

Jednak dla Conana było to całkiem oczywiste.

Jej oczy spoczęły na jego oczach, a on spojrzał w jej oczy, po czym celowo je odsunął, aby podziwiać wszystko, co można było zobaczyć z jej ciała za stołem.

Była szczupła, miała duże, wysokie piersi i długą szyję.

Trudno było to stwierdzić z tej odległości, ale wydawało mu się, że dostrzegł kilka kropel potu na jej czole, pod krótkimi włosami.

Jej oczy były szeroko otwarte, a brwi uniesione i był pewien, że oceniała go tak samo jak on.

Następnie spojrzał w bok, w stronę Snagga, być może po to, by sprawdzić, czy pozostała dwójka zauważyła jego zainteresowanie, ale wydawało się, że nie, ponieważ wkrótce ponownie spojrzał na Conana, a jego wyraz twarzy był teraz przebiegły.

Był pewien, że teraz planuje sposób, w jaki mogliby być razem... Musiał tylko znaleźć sposób, aby dać jej szansę, tak aby krasnoludy nie obraziły się tym, co działo się tuż pod ich nosami.

Wytrzymując jego spojrzenie, rozchyliła wargi i przejechała po nich językiem, rzucając mu wyraźne spojrzenie przypominające „przyjdź tu".

Teraz był pewien, że nie pomylił się z żadnym ze znaków, nie, był pewien, że nie, ponieważ miał ku temu wiele okazji i dobrze czytał kobiety.

Uśmiechnął się do niej, mając nadzieję, że zrozumiała jego akceptację, i ponownie skupił uwagę na rozmowie.

Przecież to może być ważne.

„W tych okolicznościach..." mówił Othan, „są pewne szczegóły, które moglibyśmy ci przekazać, ale nie tutaj. Jutro wieczorem, ponieważ Rimir i ja musimy gdzieś wcześniej iść. Astrid musiałaby się tym za ciebie zająć. Ale „ Musisz zrozumieć, że to krasnoludzka informacja i możemy ją przekazać jedynie Snaggowi. Ufamy twojej ocenie, przyjacielu" – dodał, zwracając się do krasnoludzkiego wojownika – „ale musisz zdecydować, jak się tym podzielić, bo jeśli to jest dla ciebie, nie zrywamy żadnych więzi, ale musi to być dla ciebie i tylko dla ciebie. Ufam, że rozumiesz..."

Zanim zdążył odpowiedzieć, Conan był zaskoczony, gdy Adriana nagle wstała.

„Zdałem sobie sprawę, że muszę iść" – powiedział. „Bardzo przepraszam, że przeszkadzam, ale w każdym razie nie powinienem się więcej wtrącać. Czy mógłbym zamienić słowo z Astrid przed wyjazdem?"

Othan wyglądał na lekko zirytowanego, ale dał znak swojej córce, a ona wstała i poszła do odległego kąta, gdzie przez chwilę szeptała z Adrianą, poza zasięgiem słuchu wojownika.

Do tej pory nie zwracał większej uwagi na krasnoludkę, gdyż nie odezwała się ani razu podczas rozmowy z Yasiminą, a już na pewno od chwili, gdy wszedł do pokoju.

Wyglądał młodo, choć nie do końca był pewien, co to oznacza dla krasnoluda.

Miała na sobie szaroniebieską sukienkę ze spódnicą sięgającą prawie do podłogi.

Jej gruby, srebrny i złoty naszyjnik oraz bransoletka na lewym nadgarstku były bez wątpienia dziełem wysoce wykwalifikowanego krasnoludzkiego rzemiosła.

Była blondynką, miała włosy splecione w warkocze i bladą skórę, typową dla jej rasy.

Niezależnie od jej krępej budowy oraz dość grubych rąk i nóg, przypuszczał, że można ją uznać za całkiem atrakcyjną i być może krasnoludzy tak właśnie myśleli.

Przyszło jej do głowy, że Snagg będzie dziś wieczorem sam w domu, z nią, a jej rodzina daleko.

Gdyby to był on, a ona byłaby człowiekiem lub elfem, był pewien, jak zakończy się ta noc.

Ale w obecnej sytuacji nie mogłem sobie wyobrazić, że coś się w ogóle wydarzy.

Podejrzewał, że krasnoludy przegapiają nawet takie złote okazje i prawdopodobnie dlatego Othan nie wydawał się zaniepokojony tą perspektywą.

Bardziej martwiło go to, że Adriana miała zamiar wyjść, nie dając mu już możliwości kontaktu z nią, ale potem zdał sobie sprawę, że wszystko, co mówił Astrid, sprawiało, że krasnolud się rumienił i patrzył na niego. na szczęście wtedy odwracali wzrok, bo wrócili do rozmowy ze Snaggiem.

Prawdopodobnie, pomyślał, nie trzeba wiele, aby krasnolud się zarumienił, ale kiedy zobaczył kupca podającego Astrid kawałek pergaminu i patrzącego z kolei na samego Conana, był już pewien tego, co mu powiedziała.

Wydawało się, że nawet krasnoludka była w stanie zinterpretować cel listu, ponieważ zobaczyła, jak bardzo poczuła się zawstydzona samym przyjęciem go.

W ich kulturze po prostu nie robiono tego w ten sposób.

Po czym Adriana wyszła, zamykając za sobą drzwi i wracając do sali klanowej.

Astrid wróciła do stołu, trzymając notatkę w jednej ręce za plecami, gdzie inni nie mogli jej zobaczyć, a jej oczy były przygnębione i wydawały się jeszcze bardziej powściągliwe niż wcześniej.

Cokolwiek powiedział Snagg, najwyraźniej spotkało się z aprobatą starszego krasnoluda, gdy uścisnęli sobie dłonie, a rozmowa zeszła na tematy bardziej towarzyskie.

Krasnoludzki wojownik najwyraźniej znał rodzinę i teraz, gdy sprawa się skończyła, chciał o tym porozmawiać.

Nie mając nic innego, co mogłoby go rozpraszać, Conan był zmuszony wysłuchiwać, wydawało mu się, strasznie nudnych opowieści o krasnoludzkich klanach i ich sprawach, ale przypuszczał, że krasnoludzki wojownik miał bardzo niewiele okazji do rozmów z ludźmi swego rodzaju, więc co Nie przeszkadzało mu to, że teraz, gdy miał szansę to zrobić, zrobił to.

W końcu wszyscy wstali.

Krasnoludy wydawały się teraz bardziej przyjazne i mniej formalne niż wcześniej.

Może mimo wszystko byliby użytecznymi sojusznikami.

Kiedy wyszli, Astrid pospiesznie wcisnęła jej w dłoń kawałek pergaminu, rozglądając się, czy nikt jej nie zauważył.

Po wyjściu rozłożył notatkę i przeczytał ją.

Był to adres domu w ludzkiej części miasta, z zapisaną jutrzejszą datą.

* * *

Snagg przybył do domu mistrza murarskiego wkrótce po zachodzie słońca.

Dla niego spacer uporządkowanymi uliczkami dzielnicy krasnoludów był znacznie łatwiejszy niż krętymi uliczkami reszty Tarantii, co przypominało mu trochę o wielkim podziemnym mieście jego ojczyzny.

Nie był zaskoczony, że Othan zgodził się jedynie przekazać plany innemu krasnoludowi.

Było wiele rzeczy, którymi nie należy dzielić się z obcymi.

Jeśli jednak istniało tu zagrożenie, musiał sobie z nim poradzić bez względu na cenę.

Wiedziałem, że podróż będzie szybka.

Pozostało mu jedynie odebrać przygotowane przez nich dokumenty i wyjść.

Conan natomiast wyszedł ze spokojnym uśmiechem na twarzy i nie wrócił przed świtem.

Całe to ludzkie i elfie zainteresowanie takimi sprawami wydawało mu się trochę niestosowne i dobrze było znajdować się wśród ludzi, którzy wiedzieli lepiej, jak nie rozmawiać o takich sprawach.

Astrid na szczęście zrozumiała.

Conan prawdopodobnie miał już tego rodzaju sprośne myśli na temat tego, co może wydarzyć się dziś wieczorem w domu mistrza murarskiego, ale jeśli tak było, to nie mógł się bardziej mylić.

Astrid była bez wątpienia całkiem atrakcyjna, ale była dla niego trochę za młoda, a poza tym musiałby wiele aranżować, gdyby chciał się z nią zalecać.

Krasnoludy, w przeciwieństwie do ludzi czy elfów, po prostu się tak nie zachowywały i był to znak zaufania, że Othan i Rimir nawet nie zadali sobie trudu, aby martwić się takimi rzeczami.

To, że dwie osoby odmiennej płci przebywały razem w tym samym budynku, nie koniecznie oznaczało, że próbowały... cóż, prokreować.

Dom wyglądał podobnie do większości innych znajdujących się w pobliżu, ale wprawne oko Snagga dostrzegło kamień najwyższej jakości, jak przystało na krasnoluda o statusie i zawodzie Othana.

Była też nieco większa, ze spadzistym dachem łupkowym, co świadczyło o zamożności rodziny kupieckiej.

Zapukał do drzwi i przygotowywał się do ogłoszenia swojego imienia i celu, gdy Astrid otworzyła drzwi.

Tylko, że to nie była Astrid; To była Adriana.

Snagg był oszołomiony i natychmiast czujny.

Czy nie powinien być teraz z Conanem?

A może błędnie zinterpretował to, co wojownik robił dziś wieczorem?

Znając go, wydawało się to mało prawdopodobne, ale oczywiście zawsze istniała możliwość, że po drugiej stronie spotkał kogoś innego.

Adriana była oczywiście zaufaną przyjaciółką klanu Bardalfów, a Othana w szczególności, i właściwie nawet słyszała jego imię już wcześniej.

Była kupcem, który często współpracował z krasnoludami, pomagając sprzedawać ich towary na ludzkim rynku, szczególnie poza Tarantią.

Zatem z tego, co wiedział, mógł jej zaufać.

Jednakże jej obecność tutaj była co najmniej dziwna i zauważył, że spędziła trochę czasu na ocenianiu poszukiwaczy przygód, kiedy przybyli.

Conan mógł pomyśleć, że ona tylko na niego patrzy, czasami skupiona na jednej myśli, ale Snagg również znalazł się pod jej spojrzeniem.

Czego naprawdę chciała?

„Snagg" – powiedział – „wejdź. Właśnie skończyliśmy jeść. Uwielbiam gotować krasnoludy. Swoją drogą, na dole wszystkie dokumenty są dla ciebie gotowe. A przynajmniej tak mi powiedziano, najwyraźniej nie wolno mi tego robić Zobacz ich! "

Wydawało się to prawdopodobne, ale jakoś jego słowa nie wydawały się do końca prawdziwe.

Coś ukrywała, ale co?

Nosił tylko sztylet, gdyż nie nadawał się do włóczenia się po ulicach miasta w pełnej zbroi i broni, ale był duży i był biegły w jego używaniu.

Ukradkiem wyciągnął ku niej rękę, gotowy chwycić ją w razie potrzeby, a mimo to wszedł do domu.

Byli otoczeni przez inne krasnoludy, a to powinna być bezpieczna część miasta... ale działo się coś dziwnego, coś, czego nie do końca rozumiał.

A jako wojownik mogłem się na to przygotować tylko w jeden sposób.

Wewnątrz dom zaaranżowano w typowo krasnoludzkim stylu.

Parter został zagłębiony nieco poniżej poziomu ulicy, większość przestrzeni zajmował jednoosobowy pokój, za nim kuchnia i kamienne kręcone schody prowadzące na piętro.

Adriana jednak od razu skierowała się w stronę schodów prowadzących w dół, jakby spodziewając się, że pójdę za nim.

Oczywiście domy krasnoludów, nawet w ludzkich miastach, miały spore piwnice, ale dlaczego nie przekazać dokumentów tutaj?

A gdzie była Astrid?

Poszedł za nią po schodach i natychmiast poczuł dziwny zapach.

Było ostre, pikantne trochę jak kadzidło, ale nie mogłem go zidentyfikować.

Jego dłoń spoczywała teraz na sztylecie, czujny na niebezpieczeństwo.

Nic był to zapach orków, ani nic groźnego, właściwie wydawał się nawet całkiem przyjemny.

Jednak nie było go tu na miejscu i to go martwiło.

„Tędy" – powiedział kupiec i wszedł do pokoju, wciąż trzymając rękę na sztylecie.

Było ciemno, oświetlał go tylko mały piecyk, ale jego oczy w naturalny sposób przyzwyczaiły się do przyćmionego światła i wkrótce dostrzegł szczegóły.

Była to sypialnia, utrzymana w typowym piwnicznym stylu wielu krasnoludów, w której mogli spać otoczeni litą skałą.

Co ważniejsze, Astrid tu nie było.

Odwrócił się i odkrył, że Adriana zamknęła drzwi i teraz opiera się o wnętrze, blokując jedyne wyjście.

Jedną ręką włączył lampę podłogową stojącą na nocnym stoliku i żółte światło rozlało się po pokoju.

Zapach był teraz silniejszy i sprawiał, że czuł się dziwnie.

Jej zapach mrowił go w nosie, sprawiając, że zrobiło mu się gorąco i prawie spocony, jakby zjadł pikantny posiłek.

To przyćmiło jego myśli, ale nie sprawiło, że poczuł się słaby czy chory.

Prawdę mówiąc, czuł się całkiem zdolny, pełen energii.

"Co tu się dzieje?" Powiedział przez zaciśnięte zęby, na wpół odrzucając sztylet.

Była nieuzbrojona, a w pomieszczeniu nie było nikogo więcej.

Gdyby do tego doszło, nie byłaby to trudna walka, a z tego, co wiedział, nie była nawet magiem.

Wydawało się mało prawdopodobne, że próbował go zaatakować lub uwięzić, więc jaki był jego plan?

„Nie potrzeba noża" – powiedziała Adriana, wciąż opierając się o drzwi – „nie jesteś w żadnym niebezpieczeństwie. Przyznaję, że jestem trochę nieuczciwy... ale to twój przyjaciel Conan będzie zawiedziony, a nie ciebie. W tej chwili powinien zbierać dokumenty Astrid, co niestety nie było dokładnie tym, co skłoniło go do myślenia, że to zrobi. Sam bym ci dał te dokumenty, ale ona naprawdę nalegała, żeby je zatrzymać. Nawet jeśli... Cóż, nie daje ich nikomu, komu obiecała.

Snagg zmarszczył brwi, próbując zignorować zapach, który, jak teraz zdał sobie sprawę, musiał pochodzić z małego piecyka.

„To nie jest odpowiedź na moje pytanie: co robisz? Dlaczego mnie chcesz?"

„Ach, tak" powiedziała, rumieniąc się lekko, chyba że kadzidło też na nią działało, „o to jest pytanie".

Przełknęła trochę i założyła rękę za plecy.

Snagg zesztywniał lekko, ale widział, jak podążała za nią po schodach; Nie miałem tam nic ukrytego, chyba że było to szczególnie małe.

Igła? Być może, ale prawdopodobnie niewiele więcej.

„Pracowałem z krasnoludami przez długi czas" – powiedział, wciąż nie przechodząc do sedna: bardzo irytująca ludzka cecha. „I naprawdę darzyłem wasz lud prawdziwym uczuciem. Nie kłamię, mówiąc, że lubię krasnoludzką kuchnię. Ale jest pewna krasnoludzka kuchnia, której ledwo miałem okazję spróbować".

Bawił się czymś za plecami, ale cokolwiek to było, nie mógł tego zobaczyć.

Dziwne było to, że nie wydawała się agresywna.

Być może zdenerwowany, ale jeszcze bardziej podekscytowany.

Jego ton głosu był niemal przyjazny, nie groźny.

Snagg naprawdę w ogóle nie rozumiał jego zachowania.

„Krasnoludy są silni i potężni, mają te muskularne ramiona i ciała" – kontynuował, a jego głos nagle stał się dziwnie ochrypły. Co to miało wspólnego z...? a potem jej myśli zatrzymały się w tym miejscu, gdy uświadomiła sobie, co on robi za nią.

Rozwiązywała sznurowadła z tyłu sukienki.

Zsunęła z niego jedno ramię, a potem drugie, przeciągając je w dół nad biodrami i spotykając się u swoich stóp.

Pod spodem miała długą białą koszulę, prawie bez rękawów, z głębokim dekoltem.

– Teraz rozumiesz, dlaczego tu jesteś? zapytała: „I oczywiście po co mi to oszustwo? Bez niego nigdy nie miałabym szansy".

Mógł wtedy pobiec do drzwi, ale musiałby je odsunąć na bok.

A ponieważ nosiła ubrania, które nie były już całkiem przyzwoite, dotykanie jej mogło wywołać na nim mylne wrażenie.

Poza tym jedyne, co musiał zrobić, to odmówić.

To naprawdę było takie proste... prawda?

„Ale... jesteś człowiekiem" – powiedział, przerażony jej zuchwałym podejściem. „Nie... na pewno nie z... jeśli znasz moich ludzi, powinieneś to wiedzieć! Po prostu..." wyjąkał, nie mogąc wymyślić, co innego powiedzieć.

– Czy w ogóle nie wydaje ci się, że jestem atrakcyjny? – powiedziała żartobliwie, zrzucając buty i odchodząc od drzwi, w wąskiej halce przylegającej do jej krągłości, a następnie pochylając się lekko do przodu, aby podkreślić dekolt.

„Nie bądź... to znaczy, że jesteś..." próbował zaprotestować, wyjaśnić, że miała niewłaściwy kształt, niewłaściwy wzrost, że miała zbyt okrągłą szczękę, zbyt wąską talię i kończyny za długo.

Ale patrząc na nią, zdradziecko, zaczął czuć ucisk w wnętrznościach.

Krzywe jej ciała były inne, ale w jakiś sposób przyjemne.

Nigdy wcześniej nie czuł się tak z ludzką kobietą i nie mógł sobie wyobrazić, dlaczego czuł się tak teraz.

Pocił się, sztylet wysunął się z jego niezdecydowanej dłoni i wsunął się z powrotem do pochwy.

Co się z nim działo?

Nie ruszył się z miejsca, w którym był, a ona nadal zbliżała się do niego.

Mógł teraz wokół niej biegać, ale z jakiegoś powodu czuł, że nie może się ruszyć.

Nie był to dosłowny paraliż, ale jego umysł był wzburzony, niezdolny do prawidłowego myślenia.

Dogoniła go, stając zaledwie kilka kroków przed nim.

Jego wzrok znajdował się tuż nad jej pępkiem, cienkim, wydłużonym brzuchem ludzkiej kobiety.

Patrzył przed siebie, zaciskając i rozluźniając dłonie, próbując podjąć decyzję, jak postępować.

Uklękła, jej twarz była teraz mniej więcej na wysokości jego twarzy, jej niebieskie oczy były rozszerzone z emocji, a usta lekko rozchylone.

Unikał patrzenia z góry na tę kombinację z niskim dekoltem i przeklinał uczucie w pachwinie, które sprawiało, że chciał to zrobić.

„Nie sądzę, że jesteś całkowicie szczery" – powiedział – „i nie chodzi o to, że byłem dzisiaj sztandarowym przykładem uczciwości, przyznaję. Ale teraz zobaczmy..."

Sięga do przodu, sięga po węzeł na górze jego wyściełanej skórzanej tuniki bez rękawów, zręcznie go rozwiązuje, a następnie przesuwa go z powrotem przez jego ramiona, aż opadnie na kamienną podłogę za nim.

Znów zacisnął dłonie, chcąc ją odepchnąć, ale jednocześnie nie chcąc.

Wiedział, że to nie w porządku i że w każdej chwili może ją powstrzymać, ale wydawało się, że nie jest w stanie tego zrobić.

Podniosła teraz jego koszulę, uniosła ją przez klatkę piersiową, a mimo to nie stawiał oporu, choć wiedział, że powinien to zrobić.

Założyła mu go na głowę i rzuciła, a on mimowolnie cofnął się o krok, jakby ten nagły ruch na chwilę oczyścił mu głowę.

Zamrugał, gdy kropla potu spłynęła mu po twarzy.

Zapach kadzidła był... tak, z pewnością to był ten zapach, uświadomił sobie nagle!

– Afrodyzjak? - warknął, wskazując głową w stronę pieca.

„Ach, tak... widzisz, pomyślałem, że możesz potrzebować odrobiny zachęty. Rozluźnienie tych słynnych krasnoludzkich zahamowań. Ale to nie może zmusić cię do robienia tego, czego nie chcesz. Jeśli naprawdę czujesz się przeze mnie odrzucony, będzie ci gorąco i to wszystko, co się stanie.

Jego wzrok błądził po jej ciele, teraz nagim od pasa w górę.

„Właściwie jesteś muskularny" – powiedziała znowu ochrypłym głosem. „Wyglądasz bardzo męsko, Snagg".

Wyciągnęła rękę, niemal ostrożnie, i pogładziła jego klatkę piersiową, przeczesując palcami jego włosy i mocne mięśnie piersi.

Poczuł, jak jego erekcja rośnie, niemal napierając na twardy materiał jej stringów.

Musiał się przeciwstawić, musiał...

Zamknął oczy, wypychając z umysłu obraz jej ledwie ubranego ciała.

Z pewnością, jeśli nie zareaguje na jej dotyk, to ona odejdzie?

Rozległ się szelest materiału, ale nie pogłaskała go więcej, a on trzymał oczy zamknięte.

– Nie chcesz spojrzeć? Powiedziała i wbrew sobie spojrzał.

Zdjęła halkę, klęcząc przed nim i teraz mając na sobie tylko parę jedwabnych bielizny, znacznie krótszą niż cokolwiek, co mogłaby nosić krasnoludka.

Jego talia była wąska, ciało gładkie i bezwłose, bardziej przypominające klepsydrę niż krasnolud.

Jej piersi zwisały teraz luźno, a różowe sutki były całkowicie nabrzmiałe.

Jego wzrok skupił się na garści bladych piegów na jej ramionach i obojczyku, po czym skierował wzrok w górę i w bok, w stronę jej twarzy.

„Myślę, że mnie lubisz, prawda? I to nie mogą być tylko perfumy. To tak nie działa."

Objęła swoje piersi, przesuwając po nich dłońmi, masując nabrzmiałe sutki, podczas gdy jej zdradzieckie oczy śledziły każdy ruch.

Jego erekcja wydawała się teraz ogromna, niekontrolowana.

Czy to na pewno musiałoby się wkrótce zakończyć?

– Nie jestem... – zaczął, próbując ją wytłumaczyć, uświadomić jej bezsensowność tej sytuacji. „Ty jesteś człowiekiem, a ja krasnoludem. Po prostu nie mogę!"

„Hmm..." powiedziała „dla mnie to nie tak".

Nagle sięgnęła w dół i chwyciła go za krocze, chwytając jego spuchniętą erekcję przez miękką skórę, lekko ściskając przy tym jądra.

Warknął mimowolnie, nie mogąc się powstrzymać.

Miał wrażenie, że jego kutas chce eksplodować.

„Nie, tak myślałam" – odpowiedziała po prostu.

Słowa wymykały mu się spod kontroli, nie przychodziło mu do głowy nic, co mógłby powiedzieć.

Nie mógł zaprzeczyć, że jego ciało reagowało tak, jak w przypadku każdej krasnoludki, niezależnie od jego osobistego zażenowania.

Może, pomyślał, skłamała na temat mocy afrodyzjaku, może zainspirowało to do myśli, których w innym przypadku normalna osoba by nie miała.

Może nawet działało to inaczej w przypadku jego rasy niż u ludzi.

Jednak w głębi duszy wiedział, że to nieprawda.

Pozostał bez ruchu, wciąż stał, sztywny, gdy ona odwiązywała mu pas, pozwalając mu opaść wraz ze sztyletem na ziemię.

Jej palce sięgnęły do koronki jego stringów i w końcu poruszył się, chwytając ją za nadgarstek.

„Nie..." udało mu się wydusić niemal z siebie.

„Nie sądzę, że tak myślisz" – powiedział – „a za daleko zaszedłem, żeby się teraz poddać".

Powoli podniosła lewą rękę i przesunęła ją tam, gdzie trzymał drugą.

Delikatnie odsunęła jego rękę od pasków i tym razem pozostał nieruchomy, jego oczy obserwowały jej dłoń jakby zafascynowane, ale nie robiły nic, by ją zatrzymać.

Trochę niezdarnie odwiązała sznurek, a jej prawa ręka została uwolniona z jego już spoconego i szybko słabnącego uścisku.

Złapał za jedną stronę jej majtek i jednym ruchem ściągnął je w dół, po czym zsunął bieliznę do kolan.

Jego kutas wyskoczył, nareszcie wolny, wyłaniając się z gęstej masy włosów łonowych.

Na początku nic nie powiedziała, wpatrując się w nagrodę.

Zadrżał, czując narastające w nim poczucie winy i wstydu, lecz nie był w stanie zapanować nad potężnym pożądaniem, które odczuwał.

Wyciągnęła rękę, a on warknął przez zaciśnięte zęby, gdy chwycił swojego penisa jedną ręką, przesuwając się po jądrach aż do czubka, przesuwając kciukiem po napletku.

„Jest całkowicie wielkości człowieka" – szepnęła. „Zastanawiałam się, jak byś wyglądał".

Puściła go i wstała, ponownie przenosząc jego wzrok na poziom podstawy jej klatki piersiowej.

Tym razem wbrew sobie podniósł wzrok i obserwował, jak jej piersi unoszą się i opadają, tuż nad wysokością jego głowy.

Kolejnym szybkim ruchem zdjęła resztę ubrania, po czym odwróciła się od niego i poszła w stronę łóżka.

Wspięła się na nią, opierając się na rękach i kolanach, z piersiami zwisającymi i pośladkami uniesionymi w powietrze.

Krasnoludzkie łóżko było oczywiście dla niej za krótkie i nawet w tej pozycji jej stopy były rozłożone na niskiej płycie podstawy.

Jej tyłek był zwrócony w jego stronę, a ona rozłożyła długie nogi, odsłaniając różowy, opuchnięty srom.

Tam na dole była prawie pozbawiona włosów i w świetle lampy widział jej wilgoć.

Oddychała ciężko, a jej piersi poruszały się w górę i w dół.

„Drzwi nie są zamknięte" – powiedział jej, chociaż nigdy nie przyszło mu do głowy, że tak może być. „Możesz teraz wyjechać i nikt się nigdy nie dowie. Albo możesz spełnić moje najśmielsze marzenie. To" – kontynuował z nutą żalu – „to teraz twój wybór".

Spojrzał na drzwi i ubrania zgromadzone wokół nich.

Tak łatwo byłoby po prostu wrzucić ubrania i odejść.

Jednak w tym momencie wiedział, że nie chce tego robić.

Wydał krótki, pozbawiony słów okrzyk i pochylił się, żeby zdjąć buty, zabierając ze sobą resztę ubrań.

Nagi przebiegł przez pokój i wskoczył na tył łóżka.

Jak ona śmie go tak traktować? Teraz chciałam mu to pokazać!

Stał na materacu i patrzył na jej plecy, na kucyk częściowo przerzucony przez jej ciało, a potem zwisający na bok.

Odwróciła głowę w jego stronę, spoglądając najpierw na własną twarz, jakby oceniając swoje emocje, a potem na jego nabrzmiałego penisa, wznoszącego się teraz tuż nad jej pośladkami.

„Tak..." powiedziała, a słowo prawie uwięzło jej w gardle.

Złapał ją w talii obiema rękami, czując miękką ludzką skórę i podniósł ją do poziomu swoich bioder.

Uniosła kolana, aby uwolnić się z łóżka, i skorzystała z okazji, aby przesunąć stopy na łóżku, przyciskając palce u nóg do drewnianej deski, aby uzyskać wsparcie.

„Nie kpij z krasnoludzkiego wojownika" – powiedział jej stanowczo – „bo poczujesz jego włócznię".

Spojrzał na jej mokrą cipkę, pulsujący kutas był zaledwie cal od niej, a potem nagle przyciągnął ją do siebie, tym samym ruchem wypychając biodra do przodu, zatapiając się głęboko w jej cipce.

Krzyknęła, głośny krzyk czystej przyjemności.

Jego własne podniecenie było intensywne, uczucie jej miękkiej cipki wokół jego kutasa było jeszcze lepsze, niż sobie wyobrażał.

Wyciągnął się, po czym wbił się w nią raz za razem, mocno ściskając jej biodra i wbijając palce w jej okrągłe pośladki.

Adriana wydała z siebie długi jęk, oczy rozszerzyły się z pasji, a pot ściekał jej po czole.

Na początku jego warczenie było bez słów, niemal agresywne w swym brzmieniu, ale potem znów odzyskał głos.

„Poczujesz... co... to znaczy..." sapnął, wpychając raz po raz swojego spuchniętego kutasa w jej ciasne ciepło, „być z... karłem... i... człowiekiem... nie będzie... mógł zadowolić cię... w ten sposób... znowu."

Nie był nawet pewien, czy go słyszy, gdyż jej jęki przyjemności były teraz bardzo głośne i długotrwałe.

Kontynuował w nią uderzanie, a muskularne ramiona i pośladki współpracowały zgodnie, by ją przebić.

Jej piersi drżały, całe ciało trzęsło się od siły jego działania.

Jej nogi się trzęsły, ale wciąż się trzymała, mocno dociskając do łóżka, gdy jego kutas wsuwał się i wychodził z jej mokrej cipki.

Poczuł, że jest na skraju wyzwolenia i jeszcze bardziej zwiększył tempo swojego pompowania, wywołując jeszcze więcej ekstatycznych jęków z otwartych ust Adriany.

W końcu wydał stary karłowaty okrzyk wojenny i jednym ostatnim pchnięciem poczuł, jak dochodzi, wytryskując swoją gorącą karłowatą spermą w jej słabą, ludzką pochwę.

Jej cipka drgała, chwytając go, gdy trzęsła się w spazmach własnego nagłego orgazmu, aż w końcu oboje opadli na stos wyczerpanych, spoconych ciał.

# HISTORIA BĘDZIE KONTYNUOWANA W: CONAN BARBARZYŃCA TRZECIA CZĘŚĆ

9 798822 328998